新 潮 文 庫

堕 天 の 誘 惑

幽世の薬剤師

紺 野 天 龍 著

ろ

新 潮 社 版

11980

目次

空《う》洞《ろ》淵《ぶち》霧《きり》瑚《こ》

大学病院の漢方診療科で働く薬剤師。
現代医療における漢方のあり方に悩んでいたが、
ある日、白銀の髪の少女と出会い、「幽世」へと迷い込む。
そこで流行する「病」を前に、自分のできることを模索し始めるが……。
代々、漢方を家業としてきた一族の出身で、祖父や父も漢方家だった。

御《み》巫《かなぎ》綺《き》翠《すい》

幽世の巫女。怪異を祓う能力を有し、
同種の役割を担う人間の中でもその力は極めて強い。
一見、冷たい印象を与えるが、
感情表現が苦手なだけで、実は優しい心根の持ち主。
妹と二人で暮らしている。祖先は金糸雀とともに
「現世（現実世界）」と「幽世」の分離に関わった。

幽世《かくりよ》の薬剤師

堕天の誘惑

PARALLEL UNIVERSE CHEMIST

プロローグ

「──それが、お兄様の願いだったのですから」

御巫《みかなぎ》神社の母屋《おもや》の濡《ぬ》れ縁《えん》に腰を下ろし、空に棚引く茜雲《あかねぐも》を眺めていた空洞淵霧瑚《うろぶちきりこ》は、不意にある修道女の声を聞いた気がした。

「どうかしたの？」

すぐ隣に座った御巫綺翠《きすい》が、不思議そうな顔で空洞淵を見つめる。首を傾《かし》げた拍子に長い髪がさらりと揺れた。艶《つや》やかな黒髪が、黄昏時《たそがれどき》の薄闇《うすやみ》に溶ける。

一仕事を終えて帰宅し、夕食の時間まで綺翠と共に縁側で涼んでいたところだった。

煌《きら》めく大きな瞳《ひとみ》が、弱い心を見透かすように真《ま》っ直《す》ぐ射抜いてくる。いつもは愛《いと》おしいばかりの視線が今は妙に居心地悪く、大丈夫だよ、と空洞淵は逃れるように空を見る。

晩夏の残照はどこか物悲しげで、寂寥感《せきりょうかん》を抱かせる。

もう考えなくていいはずの、終わってしまった苦い思い出が過《よぎ》ったのも、きっとそのせいだ。

鼻先を掠《かす》める蚊取り線香。彼方《かなた》に木霊《こだま》するひぐらしの声。湿気をはらんだ生ぬるい風と、むせ返るほどの夕立の香り。

去来する感情は、人生には不要と、どこかへ置いてきた郷愁にも近いものかもしれない。

「――これは私の独り言なのだけれども」

ため息交じりの物憂《ものう》げな声で、綺翠は呟《つぶや》くように言った。

「空洞淵くんが気に病むことではないわ。これは誰にとっても最善の選択だった。突き詰めてしまえばただそれだけのこと。誰も悪くないし、誰もあなたを恨んでいない」

素っ気ない口調だったが、優しい言葉だった。

ひょっとして、綺翠は気づいているのか、と空洞淵の心臓が一度大きく拍動する。

彼女に隠しているはずの真相。それは〈幽世《かくりよ》〉存続のために、あえて伏せられているものだったが……もしかすると、とうの昔に気づいていながら、気づいていない振りをしてくれているだけなのかもしれない。

そんな不器用な優しさがまた綺翠らしくもあり、空洞淵の胸の裡《うち》には複雑な感情が湧《わ》き上がった。

加速度的に闇に侵蝕《しんしょく》されていく空を仰ぐ。

深緋《こきひ》に染まる天には、金星が一際《ひときわ》強い輝きを放っている。

一番星。夕星《ゆうづつ》。宵の明星《みょうじょう》、明けの明星。

様々な呼び名があるが、多くの文明において共通しているのは、彼《か》の星が偉大な存在であるということ。

ふと旧約聖書『イザヤ書』第十四章十二節に記された言葉が脳裏を過った。

ああ、お前は天から落ちた
明けの明星、曙《あけぼの》の子よ。
お前は地に投げ落とされた
もろもろの国を倒した者よ。

人の世に一等明るく輝き、皆を救い、導いてきた天使は、ある日突然悪に堕《お》ちてしまった。そして運命は残酷で、この〈幽世〉でも再びその悲劇が起きた。

ルシフェル・リィンフィールド。

ラテン語で『光をもたらす者』を意味する最高位の神の遣いと同じ名を持った、心優しい教会神父は——もういない。

空洞淵は彼の望みを知る数少ない〈幽世〉の住人として、今回の騒動の真相を墓まで持って行く責任を負っていた。

何故《なぜ》ならそれだけが、彼の願いだったから——。

＊＊＊

現実世界とは異なる位相に存在するもう一つの世界——〈幽世〉。

三百年ほど昔、〈国生みの賢者〉金糸雀《カナリヤ》によって作られた、怪異たちの楽園。

ここでは、人と怪異がお互い干渉しすぎない程度に距離を保ちながら、概《おおむ》ね平和に共存を果たしている。

〈幽世〉には、一つだけ不思議な法則がある。

それは——人の噂が現実になる可能性を秘めている、というものだ。

たとえば、あるところに天使のように美しい顔立ちをした人間がいたとする。

その者は、とても清らかな心を持ち、救いを求める人々の話を聞いては、安らぎを与えていた。やがて噂《うわさ》が噂を呼び、あるとき「あの人は本当の天使に違いない」という噂が立つ。

天使——それは、神の遣いとして人々を導く奇跡の存在だ。

宗教や宗派による違いはあれど、概ね役割は等しく、神の言葉を人々に伝え、正しい道を示す存在と言っていいだろう。

だから、神聖なる心で人々を救う者に、ある種信仰の象徴ともいえる天使像を重ね合わせることは、とても自然な行いだ。

そんなささやかな願いを込めた噂が流れることは人の世の常ではあるが……この〈幽世〉は、それが噂だけに留まらない。

あの人は天使に違いない、という噂が広まり、やがてその認知が一定の数を超えたとき——噂は現実を書き換える。

現実を書き換えられると、その人は本人の意思とは関係なく、周囲の人々が思い描く天使そのものになってしまう。場合によっては、背中に白い羽が生えてきたり、頭上に光輪が浮かんだりすることもあるだろう。

〈幽世〉においては、奇跡も怪異も等しく同じものとして扱われるのだ。

このように人々の噂から現実を書き換えられて誕生するものを〈感染怪異〉と呼び、〈感染怪異〉に罹《かか》った者は〈鬼人《おにびと》〉と呼ばれる。

〈幽世〉創世のときから存在する、元々怪異として生まれてきたもの、たとえば化《ば》け狸《だぬき》や鬼などは〈根源怪異〉と呼ばれ、両者は明確に区別されている。


ちょっとした運命の悪戯《いたずら》によって、現実世界である〈現世《うつしよ》〉からこの〈幽世〉へやって来た空洞淵霧瑚は、薬処〈伽藍堂《がらんどう》〉の店主代理として働きながら、人と怪異が共存する故《ゆえ》に起こる様々ないざこざに巻き込まれる日々を送っている。

かつては〈国生みの賢者〉金糸雀が、人と怪異のいざこざを率先して解決してきたが、故あってそれが難しくなってきたため、この世界に生きる者として空洞淵も微力ながら、騒動の解決に協力しているのだった。

今回の〈天使〉にまつわる騒動も、そんな空洞淵の日常の出来事になるはずだったのだけれども……。結果としてそれは、苦い終わりを迎えてしまった。

喉元《のどもと》まで迫《せ》り上《あ》がってきた苦渋の思いを、どうにか飲み下そうと顔をしかめていると、いつの間にか綺翠が庭に降りて目の前に立っていたことに気づく。

何を――、と問い掛けようとしたそのとき。

綺翠は、そっと頭を抱き締めてきた。

「――何も言わないで」

涼やかな声が、耳朶《じだ》を震わせた。

「ただ私が、こうしたいと思っただけだから。何も言わずに……しばらくじっとしていて」

綺翠の温《ぬく》もりとともに伝わってくる彼女の鼓動。少し速い。彼女も緊張しているのか。

穏やかな原初の律動。それを感じていたら、次第に荒《すさ》んだ心が凪《な》いできた。

代わりに胸の裡から、郷愁と憧憬《しょうけい》と後悔が同時に湧き上がってくる。

ほんのり香る石けんの香りに酔いしれながら、すべての始まりを思い出す。

あれは夏も真っ盛り。

今にも世界が溶け出してしまいそうな、酷暑の日のことだった――。

第一章

児戯

I

青天の霹靂《へきれき》であった。

空洞淵霧瑚《うろぶちきりこ》は、視界の先に広がっている光景が信じられずに、我が目を疑う。

急な往診を終え、突き刺すような真夏の直射日光にジリジリとその身を焼かれながら、伽藍堂《がらんどう》への道を急いでいる最中のことだ。

陽炎《かげろう》揺らめく目抜き通りの小間物屋の前で——あの御巫綺翠《みかなぎきすい》が笑っていた。

御巫綺翠といえば、〈破鬼の巫女《みこ》〉という〈幽世《かくりよ》〉を守る務めを負った、世界の守護者である。この主要都市〈極楽街〉においては、老若男女《ろうにゃくなんにょ》を問わず羨望《せんぼう》と思慕を集める麗《うるわ》しい容姿を持ちながらも、生まれ持った守護者としての責務を果たすべく、自らを厳しく律しながら生きている。

その性格は、泰然自若にして質実剛健。

常に冷静沈着で物事に動じることはなく、心身共に極めて強靭《きょうじん》で逞《たくま》しく、誠実かつ真面目《まじめ》な気質を備えている。

そのため、個人的な感情が表に現れることが極端に少なく、表情が変わりにくい。

もちろんそれは、彼女の長所の一つではあるのだが、実生活では逆に仇となる場面も多いようで、必要以上に他者から畏怖《いふ》される要因にもなってしまっている。

ありていに言えば感情の変化が表情からは読みづらく、普通にしているだけでも何かに怒っているのではないか、と怖がられてしまうのだ。

それがまた恰好《かっこう》いいという声も一部からは上がっているが、綺翠本人は密《ひそ》かに気にしている。

そして当然ながら、感情がないわけではない。

どちらかといえばむしろ綺翠は感受性が豊かなほうだ。そのことに空洞淵が気づいたのは、彼女と一緒に住むようになって少し経《た》ってからであり、それ以来熱心に綺翠の表情変化に気を配っていたら、いつの間にか彼女が今何を思っているのか、おおよそ理解できるようになった。

これは、彼女の妹である穂澄《ほずみ》にも備わっている能力で、つまりごく親しい身内のみが綺翠の心情を慮《おもんぱか》ることができるということだ。

おまけに最近では、綺翠は空洞淵の前で様々な表情を見せてくれるようにもなり、優越感——とまではいかないにせよ、綺翠にとっての特別な存在になれたことに密かな喜びを感じていたのだけれども……。

夏の暑さが見せたタチの悪い幻影である可能性を考慮し、目元を擦《こす》ってから改めて往来に目を向ける。

小間物屋の店先に立つのはやはり見慣れた巫女装束を纏《まと》う綺翠だ。姿勢よくぴんと伸びた背筋と、日差しを光輪のように反射する艶《つや》やかな黒髪。今さら空洞淵が彼女の姿を見間違えるはずもない。

しかしながら、その綺翠は空洞淵でさえほとんど見たことがないような笑顔を浮かべていたのだ。

我が目を疑いたくなるのも致し方ないと言えよう。

さらに言うのであれば、当然彼女は一人ではない。綺翠の笑顔の先には見知らぬ人物が立っていた。

「あれは……誰だ……？」

遠くなので顔はよく見えないが、この暑さにもかかわらず西洋の宗教関係者がよく纏っているような黒のキャソックを着ていた。一見したとき、よく似た恰好をしている知り合いの祓魔師《ふつまし》かとも思ったが、すぐにその考えを棄却する。

かの祓魔師は長身で、空洞淵も顔を上げなければ目を合わせることができないほどだが、綺翠の前に立っている人物は綺翠と同じくらいの身長に見える。綺翠と空洞淵も同程度の身長なので、客観的に考えて空洞淵の知る人物ではない。

〈幽世〉にある教会はカトリックを起源としているので、女性の聖職者はいないはず。つまり、あれが本当にキャソックならば今、綺翠ととても楽しげに会話をしているのは男性ということになる。

もちろん、綺翠が誰とどこで会話をしようが彼女の自由であるし、空洞淵に口を出す権利など一切ないのは重々承知の上ではあるのだが……。

ただ、それでもどうしても気になってしまう。

一応、空洞淵と綺翠は恋仲ではあるのだけれども……はっきり言って、全く釣り合っていないと常日頃から感じてはいた。

片や、誰もが羨《うらや》む美貌《びぼう》を誇る、〈幽世〉の守護者。

そしてもう一方は、薬処の店主代理をしているだけの冴《さ》えない一般人。

月とすっぽんどころの話ではない。

自分よりも能力があり、かつ容姿や性格も優れている人間などこの世界にはごまんといるわけで……。

ならばこそ、綺翠の心が空洞淵から離れて、他の誰かに向いてしまう可能性もゼロではないと不安は抱いていた。

そもそも交際を始めて半年が経過するところだったが、恋人らしいことはほとんどしておらず、それまでとほぼ変わらない日々を送り続けている体たらくであり……愛想を尽かされていたとしても決して不思議はない。

「……どうしよう」

急に危機感が湧《わ》き起こる。真夏の往来、暴力的なまでの日差しに晒《さら》されながらも、脳の奥が冷えていく感覚に襲われる。

綺翠に見限られてしまったら、空洞淵はもう生きていけないかもしれない。生活力という意味だけでなく、純粋に生きる気力を維持できる自信がない。

三十手前で初めて恋をした憐《あわ》れな男が、初めての失恋でどれほど心の傷を負うか全くの未知数だった。

これからどうすればよいのか、という切なる疑問にも答えは出てこない。圧倒的な経験不足が普段の頭の冴えの足枷《あしかせ》になってしまっていた。

そんなことを考えていたら、いつの間にか綺翠と謎《なぞ》の男の姿は消えていた。

飛び出して探すか、とも思ったが仮に見つけたところでどうする手立てもない。

結局、空洞淵は胸の奥にもやもやしたものを抱えながら、伽藍堂へ帰ることにした。

どういうわけか、妙に足が重たかった。

2

うだるような暑さの中、空洞淵霧瑚は必死に薬研《やげん》で生薬《しょうやく》を碾《ひ》く。

額に浮かんだ汗は玉となり、滝のように顔へと流れ落ちる。その都度、弟子の榴《くるみ》が手ぬぐいで拭《ふ》き取ってくれる。

「師匠、あと少しです！　頑張ってください！」

榴の応援の声もどこか遠い。軽い熱中症だろうか。意識が飛びそうになっていることを自覚しながらも、空洞淵は動かす手を止めない。

薬研とは、舟形に溝を掘った碾《うす》と、薬研車《ぐるま》と呼ばれる軸の付いた車輪状の碾《ひ》き具からなる、生薬を碾いて粉末化する器具だ。

碾の溝に粉末化したい生薬を入れ、薬研車の把手を持って体重を掛けながら前後にゴリゴリと押し砕いていく。当然かなりの重労働だ。おまけに腕力や体重がものをいう作業なので、まだ子どもで体重の軽い樹には任せられない。

そのため空洞淵手ずから、汗だくになりながらも樹に励まされて無心で薬研車を動かしている次第だが……手を動かしていれば、胸の内で燻《くすぶ》っている不安な思いも一時的に忘れることができた。

日本家屋は通気性の高さから夏も比較的過ごしやすいとされているが、それにしても限度というものがある。薬処伽藍堂の裏手に広がる森からは、日がな一日、賑《にぎ》やかな蟬時雨《せみしぐれ》が降り注ぎ、ますます暑さを増長させていた。

空洞淵が〈幽世〉へやって来てから二度目の夏にはなるが、〈現世《うつしよ》〉ではエアコンに頼りきりになっていたこともあり、未《いま》だこの蒸し風呂《ぶろ》のような暑さには慣れない。

さすがに〈現世〉の夏と比べれば、全然ましではあるのだけれども暑いものは暑い。

そんな中で力仕事などしたら消耗も激しいわけで……どうにか作業を終えたときには、仰向けで床に倒れ込んでしまった。

腕はぱんぱんになり、しばらくはまともに動かせそうもない。代わりに気分は妙に清々《すがすが》しく、少しだけすっきりしたような気になる。

「師匠、お疲れさまでした」

水で濡《ぬ》らした手ぬぐいで、樹は汗を拭《ぬぐ》ってくれる。心地よい冷たさと樹の優しさにしばし酔いしれる。

「――ありがとう、槲。もう大丈夫だよ」

少し休んで体力を回復したところで、空洞淵は上体を起こす。熱中症の予防として、事前に五苓散《ごれいさん》と呼ばれる漢方薬を飲んでいるためこの程度で済んでいるが、もし何も対策をしていなければ即座に熱中症になり、翌朝まで体調不良を引《ひ》き摺《ず》っていただろう。

気を利《き》かせて槲が持ってきてくれた室温の麦茶を啜《すす》りながら一息つく。

「では、私は散剤の調剤に取り掛かりますね」

働き者の槲は、早速粉末にしたばかりの生薬を篩《ふるい》に掛け始める。さすがにまだ乳棒を握る気になれない空洞淵は、お願いします、とだけ力なく告げて麦茶を啜る。

この暑さの中でも、槲は汗一つ流さず涼しげな顔で作業を続けている。人間業とも思えないが……事実、槲は人間ではなく、化《ば》け狸《だぬき》の怪異なので人間よりも環境の変化に強いようだ。

弟子に取って二ヶ月が経過しようとしているが、真面目で気が利く槲が調剤業務を手伝ってくれるようになって、空洞淵は大変助かっている。

「それにしても、この五苓散という処方は、まさに神効と呼ぶに相応《ふさわ》しいものですね」

大きめの乳鉢と乳棒に苦労しながら、散剤を混合する椒は感心したように言う。

「街の皆さんも、今年の夏はいつもより調子がいいと喜んでおられます」

「みんなが元気で過ごせるなら、それに越したことはないよ」

そのためならば、こうして文字どおり身を粉にして働くのもさして苦ではない。

五苓散とは、漢方の聖典である『傷寒雑病論』に記された処方の一つだ。複数箇所に記載があり、当時から幅広い症状に利用されていたことが窺える。

太陽病發汗後大汗出胃中乾煩躁不得眠欲得飲水者少少與飲之令胃氣和則癒若脈浮小便不利微熱消渇者與五苓散主之

これは『傷寒雑病論』の『弁太陽病脈証併治中』の記載だ。

太陽病――つまり、風邪の初期症状などのように身体《からだ》の表面に病邪があり、頭痛や発熱、悪寒《おかん》などの表証が現れているとき、それを治療するためにたくさんの汗を掻《か》かせたことで胃中が乾いてしまった。そのせいで気持ちが落ち着かず、眠ることもできない場合には水を少しだけ飲ませると胃の気が調和してすぐに治る。もし脈が浮いていて尿量も少なく、微熱があり口渇《こうかつ》のために水を飲んでも尿量が増えないような場合には、五苓散がよい、ということが書かれている。

これはつまり、汗を掻いたことで体液が不足し、そのために起こる諸症状についての記述だ。通常であれば、水を飲めば治るが、症状が酷《ひど》い場合にはそれでは対応できないので薬剤による補助が必要になる。

また発汗後の頭痛や発熱、口渇などの症状から、この処方は熱中症に応用されることがある。空洞淵が現在利用しているのもその目的だ。

特に夏の暑い日などに事前に服用しておくことで、ある程度熱中症の予防にもなるため、この時期は利用頻度が高くこうして頻繁に作り足していく必要がある。冬場などに大量に予製しておければよいのだが、配合生薬の桂皮《けいひ》が粉にすると気が飛びやすい——つまり香りがなくなり効果が減弱してしまうので、あまり大量に予製しておくことができないのだ。

使い勝手がいい分、なかなか漢方家泣かせの処方でもある。

去年は一人でよく頑張ったな、と空洞淵は感慨を覚えながら、榾の作業を見守る。

榾が散剤の混合を終え、大きめの薬瓶に充塡《じゅうてん》を終えたまさにそのとき——。

「——おう、空洞の字。暇か？」

無遠慮に戸を開け放って、長身の男が店内に顔を覗《のぞ》かせた。

3

現れたのは黒衣を着た不吉な印象の男だった。

人相は極めて悪く、おおよそ真っ当な職業に従事しているようには見えないが、これでも聖職者である。黒衣はキャソックと呼ばれる教会の祭服だ。如何《いか》にも格調高く、誠実さを醸《かも》し出しているが、その好印象を打ち消すように、頭に被《かぶ》った黒のテンガロンハットと口の端に咥《くわ》えられた萎《しな》びた紙煙草《かみたばこ》が、男の印象を不吉たらしめている。

「いらっしゃい、朱雀《すざく》さん」

黒衣の男——祓《はら》い屋《や》の朱雀院に声を掛けると、おう、とだけ答えて上がり込んでくる。気を利かせて座布団《ざぶとん》を用意した椥に、ありがとな、とぶっきらぼうに言って座り込んだ。

「土産だ」

朱雀院は手にしていた風呂敷包みを差し出す。受け取るとそれは大きさの割にずしりと重く、妙にひんやりしていた。

なんだろうと思いながら、風呂敷を広げる。中には大量の藁《わら》が詰められており、さらにその藁に守られるように中心部から五センチ四方程度の和紙の塊が現れる。和紙は仄《ほの》かに水気を帯びて冷気を発している。恐る恐る和紙を開く。

丁寧に包まれていたものの正体――それは、氷の塊だった。

「たまたま教会に氷売りが来てな。せっかくだからお裾《すそ》分《わ》けに持ってきたんだ」

「わざわざありがとう。よかったら冷えた麦茶でも飲んでいくかい？」

「いいねえ。夏場にこの服は暑くてかなわん」

襟首を引き伸ばして不敵に笑う。空洞淵は早速、氷の塊を軽く水で洗ってから、麦茶の入ったやかんに入れる。常温――つまり三十度近くあった麦茶はみるみる温度を低下させ、やかんの表面には結露が生じ始めた。

それからやかんの中身を三人で分ける。よく冷えた麦茶が、力仕事で火照《ほて》った身体に染《し》み渡る。生き返ったような心持ちになる。

灼熱《しゃくねつ》の中を歩いて来た朱雀院も、実に美味《うま》そうに麦茶を一気に飲み干した。

頃合いを見計らって、空洞淵は問いかける。

「――で、わざわざこんな高価なお土産まで持参したってことは、何か僕に頼みがあるのかな」

現代日本でこそ氷などどこでも手に入るが、冷蔵庫もない〈幽世〉では大変な貴重品だ。冬に作られた氷は、氷室《ひむろ》と呼ばれる冷温貯蔵庫で保管され、販売するためには切り出して運び出さなければならない。夏場などは当然運搬の途中でどんどんと溶けていく。こうして空洞淵の手元にちゃんとした氷の塊として届くまでには、多くの人の手が掛かっているのだ。安いはずがない。

それほど高価なものを持ってくるということは、空洞淵に何らかの頼み事があると考えるのが自然だ。大事な話と察したように、梻は少し離れたところに座り直す。

朱雀院は、心中を見抜かれたためかばつが悪そうに頭を掻いた。

「……まあ、おまえさんに腹芸が通じるとも思ってねえ。単刀直入に言うと、少しばかり聞きたいことがあってな」

居住まいを正して朱雀院は空洞淵に身体を向けた。

「おまえさんのところに、パニックを抑えるような薬はないか？」

「パニック？」

意外な言葉だったので思わず聞き返してしまうが、朱雀院の真剣な顔を見てすぐに空洞淵も意識を切り替える。

パニック――。突発的な不安や恐怖により混乱した状態を指す言葉だ。医学的には、パニックによって発生した身体症状、具体的には息苦しさや動悸《どうき》、目眩《めまい》などを指してパニック発作ということもある。パニック発作それ自体が命に関わることは少ないが、だからといって軽く考えていいものではない。

「――ないこともないけど、実際に患者を診てみないことには何とも言えないかな」

「ないこともないのか」興味を持った様子で朱雀院は身を乗り出す。「それはあれか？　子どもが飲んでも大丈夫な薬か？」

「……子ども？」また朱雀院にしては意外な言葉だ。「まあ、基本的に漢方薬は年齢に関係なく飲めるものだけど……。ただ別の疾病《しっぺい》の随伴症状としてパニック発作を起こしている場合には、効果がないこともあるからあまり期待しすぎないほうがいいかも。それに激しすぎるパニック発作に対しても効きが悪いことが多い」

驚きやすい人であったり、並行処理が苦手な人が、何かの拍子にパニックになる、ということはわりとよくある。そういう症状は、病気というよりも性質的なものなので、薬が効くことも多い。

対して、うつ病などから不安障害を発症し、その結果としてパニック発作を起こしてしまっている場合などは、大元のうつ病を治療するほうが結果としてパニック発作を抑えられたりもする。

いずれにせよ、状況や程度によるので一概なことは言えない。

空洞淵の曖昧《あいまい》な返答を、苦虫を噛《か》み潰《つぶ》したような顔で聞いていた朱雀院だったが、すぐに観念したように諸手《もろて》を挙げた。

「——わかった。どうせ俺じゃあ判断できない問題だ。最初から話す。空洞の字の意見を聞かせてくれ」

咥えていた火の点《つ》いていない煙草を携帯灰皿にねじ込んで、朱雀院は語り出す。

「おまえさん、教会《ウチ》が孤児院を併設してるのは知ってるか？」

「いや、初耳だけど……」

空洞淵は正直に答える。

朱雀院は、〈教会〉と呼ばれる組織に所属している祓魔師——所謂《いわゆる》、祓い屋だ。教会は、〈現世〉で言うところのキリスト教、特にカトリックを起源としており、〈幽世〉で独自に発展を遂げてきた宗教の総本山であるらしいが……詳しいことはよく知らない。

そもそも空洞淵は、あまり他人《ひと》のことをあれこれと詮索《せんさく》しない。話してくれるなら喜んで聞くし、必要があればこちらから尋ねることもあるが、興味本位で根掘り葉掘りと聞き出す趣味はない。

だから、朱雀院が普段どこで何をしているのかもよく知らないし、何なら彼の下の名前すらも聞いたことがないほどだ。

決して、他人に興味がないわけではないのだけれども……これぱかりは性分なのだから仕方がない。

じゃあそこからだな、と特に気にした様子もなく朱雀院は続ける。

「教会の方針で、身寄りのない子どもをウチで引き取って育ててるんだ。建物がそれなりに広いもんでな。俺ら職員だけで使うのももったいないから、子どもたちも一緒に暮らしてるって感じだな。一応言っとくが、特に宗教的な縛りもなければ、労働を課してるわけでもない。共同生活の当番なんかはあるが、ようはただの寄り合い所みたいなもんだ。で、俺もそこの出だから、まあ、祓い屋稼業《かぎょう》の合間に色々面倒を見てやってるわけよ」

へえ、と思わず感心の声を上げてしまう。

人は見かけによらないというか、そんな慈善事業のようなことに協力しているとは思ってもいなかったので、ひそかに見直す。だが、言われてみれば、妙に面倒見がよかったり、お人好《ひとよ》しであったりと、世話焼きな一面はこれまでも垣間見《かいまみ》てきた。かくいう空洞淵自身、〈幽世〉へ来たばかりの頃、極めて悪質な詐欺《さぎ》に引っ掛かりそうになっていたところを彼に救われている。

「その孤児院で、最近妙な遊びが流行《はや》っていてな」

「妙な遊び？」

「ああ。『エンジェルさん』っていうらしいんだが……」

「……エンジェルさん？」

強面《こわもて》の男の口から妙に可愛《かわい》らしい言葉が飛び出したものだから、空洞淵は眉《まゆ》を顰《ひそ》めてしまう。

「それって確か、『こっくりさん』の別名じゃなかった？」

「うん。まあ、似たようなモンだ」

朱雀院は麦茶のお代わりを渋い顔で啜った。

――こっくりさん。

日本人であれば、誰もが知っているある種の降霊術だ。漢字では『狐狗狸《こっくり》さん』と書くこともある、狐《きつね》の霊を呼び出して様々なことを質問する広義の占いになる。

机の上に五十音表などが書かれた紙を広げ、紙の上に置いた硬貨に参加者が人差し指を載せてから、「こっくりさん、こっくりさん、おいでください」などと語りかけると硬貨が参加者の意思に反して勝手に動き出すのだというが……。

実際には、狐の霊が質問に答えてくれているわけではなく、参加者が無意識に力んで、硬貨に載せた指を動かしている、というのが現在の定説になっている。

ただし、ここは人と怪異が共存を果たす〈幽世〉なので、本当に霊が質問に答えてくれていたとしても不思議ではない。

「あまり詳しい事情は俺もまだ知らないんだけどよ。とにかくその『エンジェルさん』の最中にパニックになる子どもがいるみたいなんだ」

「なるほど、そういうことか」

〈現世〉のほうでも、『こっくりさん』などの降霊術遊びの最中にパニック——所謂、集団ヒステリーを起こして騒ぎになることは稀《まれ》にある。特に感受性の強い年頃の子どもだと、動悸や過呼吸などのパニック発作を起こしやすく、一時期は社会問題にもなったと聞く。

「実際、その手の儀式系の遊びは恐怖を喚起しやすいから、そういう意味ではパニックが起こることもあると思う。問題視してるくらいなら、大人のほうでその『エンジェルさん』とやらを禁止すればいいんじゃゃない?」

「一応、子どもたちには危ないから止《や》めるように言ってるんだが、大人に隠れて陰でこっそりやるのまでは止められないし、おまけに全面的に禁止にするのがちょっと難しい状況でな……」

　気まずげに視線を逸《そ》らす朱雀院。どうやら何か事情があるらしい。

「禁止にしづらいから、せめてパニックを起こさないように、薬を求めてうちにやって来たってことね」

「そういうことだな。時間さえ経てば、いずれ子どもたちも飽きて自然にやらなくなると思うから、それまでを凌《しの》ぐ方法を探してる感じだな。いつも面倒事を持ち込んで悪いな」

　申し訳なさそうに謝る黒衣の男。どこぞの法師もこれくらい殊勝ならばいいのにと、少々無関係な感慨を抱く。

「とにかく見てみないことには有用な助言もできそうにないから、もし朱雀さんさえよければ、これからちょっと孤児院のほうへ様子を見に行こうか」

「そりゃ、俺としては願ったり叶《かな》ったりだが……いいのか？」

「榊のおかげで、まえよりも往診に出やすくなったからね。それに子どもの問題なら放ってはおけないよ」

「すまん、恩にきる！」

　あぐらのままではあったが、朱雀院は床に手を突いて頭を下げる。身体を起こすと、次いで隅に座ってじっとしている樹に目を向ける。

「樹嬢ちゃん、悪いがしばらく師匠を借りてくよ。この埋め合わせはいずれ必ず」

「はぁい、大丈夫ですよ。私はお店番をしていますから、どうぞお気を付けて行ってらっしゃいませ」

樹の柔らかな笑顔に見送られて、空洞淵と朱雀院は伽藍堂を後にした。

せっかくの機会だったので、道中に例のキャソックふうの黒衣を着た男について教会関係者である朱雀院に尋ねてみようとも考えたが、何とはなしに尋ねづらく感じてしまい諦《あきら》めた。

胸の奥に燻った薄暗い感情は、まだ消えない。

第二章

教会

I

——聖桜《せいおう》教会。

極楽街に唯一《ゆいいつ》存在するその西洋の宗教施設は、通常ただ『教会』とだけ呼ばれ、街の人々に親しまれている。

やや街外れの少しだけ森へ踏み入った先。

その古い教会は静かに、そして厳《おごそ》かに佇《たたず》んでいた。

いったいどれほど昔に建てられたのだろうか。苔《こけ》生《む》した石の外壁と、風雨にさらされて色褪《いろあ》せた木製の扉が、幾星霜《いくせいそう》の歴史を物語っているようだ。

大きな窓の一つには鮮やかなステンドグラスが嵌《は》め込まれており、森の中の薄暗がりに虹色《にじいろ》の光を乱反射している。

真夏の日中であるにもかかわらず、このあたりはどこかひんやりとしている。まるで異世界に迷い込んでしまったかのよう。

教会に初めて訪れた空洞淵《うろぶち》は、その威容を一目見て思わず足を止めた。

無神論者で現実主義の空洞淵ですら、敬虔《けいけん》な心持ちがしてくるほどの荘厳《そうごん》さだ。綺《き》翠《すい》の神楽《かぐら》を見ているときなどにも厳粛な気持ちにはなるが、それとはまた異なる、自分がよく知らない、馴染《なじ》みのない未知のものへの本能的な敬意。

非常に珍しい体験。興味深く思いながら周囲の様子を眺める。

静かに揺れる木々のざわめきと、微《かす》かに響く小鳥の囀《さえず》りが、圧倒的な静謐《せいひつ》さの中に温《ぬく》もりを演出している。

ただ古いだけでなく、宗教施設としてこの教会が築いてきた長い歴史を肌で感じ取り、感動すら覚えてしまう。

「先に猊下《げいか》に挨拶《あいさつ》しとくか。空洞の字、こっちだ」

朱雀院《すざくいん》は、古びた両開きの扉を押し開けた。空洞淵は教会の中へと足を踏み入れる。

涼やかな空気に包まれてまるで生き返ったような心持ちだ。

白い壁は漆喰だろうか。天井が高いこともあり、実際よりも広々としているように感じられる。床には、深い赤色の絨毯《じゅうたん》。葡萄色《えびいろ》、あるいはバーガンディとでも言おうか。薄暗さが、聖堂の厳かな雰囲気を引き立てている。

ずらりと並ぶ古びた木製の長椅子《ながいす》の合間を進むと、その先の祭壇で祈りを捧《ささ》げている人影に気づく。

立ち止まった朱雀院は、一礼する。

「——シスター。以前にお話ししていた空洞淵氏をお連れしました。ご厚意により往診をしていただけることになりまして」

「まあ——」

暗がりに跪《ひざまず》く人影から感嘆の声が漏れる。高く澄み切ったとても美しい声。

そのとき、天井近くの採光窓から射《さ》した光が祭壇に降り注いだ。〈天使の梯子《はしご》〉を彷彿《ほうふつ》とさせる清らかな情景。

薄暗闇《うすくらやみ》に沈んでいた人影にも聖光が届く。その姿が照らし出されたとき、空洞淵は思わず息を呑《の》んだ。

両手を組み合わせた祈りの姿勢のまま、どこまでも澄んだ灰色の瞳《ひとみ》を向けてくる女性。

天から降り注いだ淡い光が、彼女が纏《まと》う濃紺の修道服を柔らかく照らしている。頭にベールを被《かぶ》り、肌の露出を極力抑えた神の従者。その神聖な佇まいは、見ていることちらまで背筋が伸びる。

心を見透かすようにしばらく無垢《むく》な視線を向けてきた、シスターと呼ばれた女性は、そこでふわりと野に咲く小さな花のように控えめに微笑《ほほえ》んだ。

「まあまあ、このようなところまでようこそお出《い》でくださいました。暑いなか本当にありがとうございます。空洞淵先生のご活躍は伺っております。わたくしは、こちらの教会で修道者をしております、エリカ・リィンフィールドと申します」

修道服の女性――エリカは、一度丁寧に頭を下げてから改めて空洞淵をじっと見つめた。大きな目と高い鼻。彫りの深い顔立ちから日本人ではないことが窺《うかが》える。極楽街には日本人以外の人も住んでいるが、数はあまり多くないためこうして会うことは比較的珍しい。

女性にしては長身で、視線の高さは空洞淵と同じくらいだ。顔が小さく、修道服の上からでもわかるほど細身で腰の位置が高い。頭身や脚の長さのために、実際以上に上背があるように見える。

一瞬見とれてから、空洞淵は慌《あわ》てて軽く頭を下げる。

「ご挨拶が遅れてすみません。僕は空洞淵霧瑚《きりこ》と申します。この度は、朱雀院さんからご依頼をいただき往診に参りました。孤児院のほうで、何やら問題が起こっているようで……」

来訪の目的を伝えると、ヱリカは、そうなのですよ、と困ったように頬に手を添えた。

「子どもたちには健やかに過ごしてもらいたいのですが……なかなかままならないものですね。わたくしもまだまだ修行が足りません」

せっかくなので詳しい事情を聞いてみようかと口を開きかけるが、それを朱雀院は片手で制した。

「シスター。先に猊下への挨拶を済ませたいのですが、お忙しいでしょうか？」

「お兄様でしたら、今は執務室にいらっしゃると思います。すぐに呼んで参りますので、少々お待ちください」

柔らかい口調でそう言って、足音も立てずにヱリカは聖堂の奥の扉へ消えていく。後ろ姿を見送ってから、空洞淵は不安を口にする。

「急に来て迷惑だったんじゃないかな。お祈りの途中だったみたいだし……。それに猊下?まで呼びに行かせてしまって……正直心苦しいよ」

「——それは気にしなくていい」

思いのほかはっきりと言い切る朱雀院。言動の割には気遣いのできる彼にしては、珍しく語気が強かったので、空洞淵は少し気に掛かる。

すぐに朱雀院は、言い繕うように続けた。

「……そもそも空洞の字は、大事な来賓だからな。余計な心配はしないで、どっしり構えてればいい」

そういうものなのだろうか。実際のところ、ただの来客である空洞淵はその意見に従うしかないが、気掛かりであることには変わりない。

聖堂に並べられた長椅子に腰を下ろして、空洞淵は大人しく待つことにする。

「そういえば、『猊下』ってこれまでもたまに耳にしていたけど……。高僧に用いる敬称くらいの知識しかないんだけど、こちらの教会の代表はそんなに偉い方なの？」

「いや、ただの神父だよ。だから本来は、『猊下』なんて物々しい敬称は使わないらしいんだが……これもまたちょっとした事情があってな。賢者の姫さんが初めに呼び始めて以来、広まっていったみたいだ」

賢者の姫さん――〈国生みの賢者〉こと金糸雀《カナリヤ》のことだ。いつも粗暴な言葉遣いの目立つ朱雀院だが、実際のところかなり礼儀正しい。だからこの世界を作り出した賢者には、特に最上級の敬愛を抱いているようで、親しみを込めて姫さん、あるいは姫様と呼んでいる。どこぞの法師のように、誰彼構わず様付けしているわけではないので重みがある。

それにしても、金糸雀が『猊下』という呼称を使い始めたというのは少し意外な話だ。基本的には誰に対しても平等に接する方針のように思っていたが……例外もあるらしい。だが、彼女が言い出したのであれば、周りの人々がそれに倣《なら》ったとしても不思議はない。

「今じゃ本人も半ば諦《あきら》めて受け入れてるけど、できれば『神父様』くらいに留めておいてくれると喜ぶと思うから、覚えといてくれ」

確かに必要以上に畏《かしこ》まられるのは居心地が悪いだろうと思い、了解、と答える。

そのときコッ、コッという硬質な音が空洞淵の元まで届いてきた。一定間隔で、そして徐々に大きくなっていく。すぐにそれが、石畳を靴底で叩く音であると気づく。音は、先ほどヱリカが消えていった扉の向こうから響いてくる。

どうやら『猊下』がやって来たようだ。空洞淵は長椅子から立ち上がり、姿勢を正す。

ゆっくりと扉が開かれる。現れた黒衣の人物を見て、失礼とは思いながらも空洞淵は目を丸くしてしまう。

陶器のように滑らかな白い肌。灰色の大きな瞳と、日本人離れした彫りの深い顔立ち。

短く整えられた栗色《くりいろ》の巻き毛が、清潔感と微かな色気を演出し、鈍感な空洞淵でさえ思わずドキリとするほどとてもよく似合っていた。

まるで、おとぎ話に登場する白馬に乗った王子様のように、美しく、清らかで、神聖な存在――。

だが、空洞淵が驚いたのは、その人物の天国的な美しさのためではない。

そのうち一つは、現れた人物が先ほどのシスター・ヱリカと瓜《うり》二つの顔立ちをしていたため。

確かヱリカは、お兄様、というようなことを言っていた気がするが……。血縁者であったとしても、これほど似るのは大変珍しいことだ。

「――猊下とシスターは、双子《ふたご》の兄妹《きょうだい》なんだ」

耳打ちをするように隣に立つ朱雀院が補足する。

双子。兄と妹。性別が異なるということは、二卵性の双子ということになるが……それにしても本当に驚くほどよく似ている。

朱雀院と同様に、ゆったりとした黒のキャソックを纏った男性は、そろそろと空洞淵の元へ歩み寄る。

「初めまして、空洞淵先生。私はこの聖桜教会の神父を務めております、ルシフェル・リィンフィールドと申します」

柔和に微笑み、猊下――ルシフェルは手を差し出してくる。〈幽世《かくりよ》〉では珍しい西洋式の挨拶。慣れない挨拶に困惑しながらも、空洞淵は手を握り返す。

相手は少なくとも朱雀院よりも年上のはずだが、やや高めの声は、あどけない容姿も相まって少年めいて聞こえる。

「……空洞淵霧瑚です。ルシフェル神父、突然の来訪にもかかわらずご対応くださいましてて感謝いたします」

表面上は敬意を払って応じるが、思考の大半は別のことに気を取られていた。

ルシフェルを一目見た空洞淵が驚いたもう一つの理由。

それは、彼がまさしく先ほど、目抜き通りで綺翠と共にいた人物であったためだ。

最大の問題は、そもそも何故《なぜ》、御巫《みかなぎ》神社の〈破鬼の巫女《みこ》〉と、聖桜教会の神父が小間物屋の前で楽しげに談笑していたのかということだが……。

さすがに空洞淵がここへやって来た本来の目的をそっちのけにして問い詰めることはできないので、湧《わ》き上がってきたもやもやは無理矢理心の奥底へ押し込め、今は〈幽世〉の薬師《くすし》としての責務を果たすことにする。

握手を終えると、ルシフェルは嬉《うれ》しそうに続ける。

「サクラからよく話は伺っていますよ。素晴らしい大人物であると。いつもサクラと仲よくしてくださって、ありがとうございます」

「……サクラ？」

聞いたこともない名だったので空洞淵は首を傾《かし》げる。仲よくするほどの知り合いに、そんな名前の人物はいないが……。

空洞淵の反応にルシフェルもまた意外そうな顔をするが、彼が何かを言うまえに朱雀院が割って入った。

「——猊下。空洞淵氏は、ソラの一件で足を運んでくれています。忙しい彼のためにも、早速本題に入ったほうがよろしいかと」

「……そうですね。確かにあまり長い時間拘束するわけにもいきませんか。立ち話も何ですから、『家』のほうへ移動しましょう」

柔らかい魅力的な物腰。綺翠と共にいる姿を見ていなければ、空洞淵もすぐに彼に好感を抱いていたはずだ。これが人たらしというものなのだろうか。

歩き出すルシフェルの背中に空洞淵たちは続く。教会を出て壁沿いに進み裏手に回ると、木造の別棟が姿を現した。日本家屋とは明らかに意匠が異なる、三角屋根の西洋建築だった。漆喰で塗り固めたような白い外壁に赤茶けた瓦《かわら》屋根がよく映え、とても洒落《しゃれ》ている。森の中という周囲の情景、そして現実離れしたルシフェルの容姿も相まって、まるでおとぎの国へ迷い込んだように錯覚してしまう。

玄関の上部には、子どもが書いたような拙《つたな》い字体で〈ふくいんのいえ〉と記された表札が掛けられていた。おそらく〈福音の家〉というのが正式な名称なのだろう。

「ここが一応、孤児院ってことになってる」

表札を見上げながら、朱雀院はいつものしかめ面《つら》とは打って変わった、とても優しげな表情で言った。確か、彼もまたここの孤児院を出ていると言っていたので、色々と思い出深い場所なのだろう。

扉を開けて中へ入ると、どこからともなく楽しげな子どもの笑い声が聞こえてきた。孤児院ということで少し身構えていたが、子どもたちが楽しく暮らせているようで安心する。笑いが溢《あふ》れているのはとてもよいことだ。

こちらへどうぞ、とルシフェルに促されるまま廊下を進み、空洞淵は応接室のような小部屋へ通された。〈幽世〉では珍しい、アンティークな調度で揃《そろ》えられた洋室。すっかり和の生活に慣れてしまっているので少し落ち着かない。

椅子に座り、周囲に視線を彷徨《さまよ》わせていたところで、

「コーヒーでよろしいですか？」

ルシフェルの言葉に、空洞淵は複雑な心境も一瞬忘却して喜色を露《あら》わにする。

「嬉しいです、是非お願いします」

微笑みを返し、ルシフェルは手慣れた様子でコーヒーを淹《い》れ始める。

「カリオストロさんから、コーヒー豆を定期的に譲っていただいているのですが、その折に空洞淵先生もコーヒーがお好きという話を伺いましてね。お目に掛かる機会があれば、ご馳走《ちそう》させていただきたいと思っていたのですよ」

「ありがとうございます。〈幽世〉では、まだまだコーヒーが一般的ではないですからね。カリオストロさんには僕も頭が上がりません」

カリオストロ、というのは、森に住む錬金術師の名だ。彼女が〈幽世〉には存在しなかったコーヒーの木の栽培を成功させてくれたおかげで、こうしてたまにではあるが空洞淵もコーヒーにありつけている。彼女が栽培したコーヒー豆はまだ一般には流通していないので、コーヒーを飲むためには彼女本人を訪ねるか、もしくはその伝手《つて》を辿《たど》るしかない。〈幽世〉では、コーヒーは希少価値がとても高いのだ。

すぐに室内に芳醇《ほうじゅん》なコーヒーの香りが広がっていく。〈幽世〉へやって来てから、緑茶の美味《おい》しさに目覚めた空洞淵だったが、それでもやはり〈現世《うつしよ》〉で飲み慣れたコーヒーの味は、たまに恋しくなる。

やがてコーヒーの満たされたカップが空洞淵の前に置かれた。淹れたての熱いコーヒーに口を付け、恍惚《こうこつ》の息を漏らす。滅多に飲めなくなってしまった今だからこそ、悪魔的な飲み物だ、と改めて感じる。

久々のコーヒーを存分に味わう空洞淵を満足げに見つめてから、ルシフェルはゆっくりと話し始めた。

2

「——往診に来てくださったということは、『エンジェルさん』の件はご存じなのですよね」

「朱雀院さんから伺いました」

「そうですか。では、早速詳細に入りましょう」

カップに口を付け、ルシフェルは僅《わず》かに綺麗《きれい》な顔を曇らせた。

「こちらの『家』に、天《ソラ》という女の子がおりまして……。一年ほどまえ、両親を災害で亡《な》くし、その後、親類縁者を転々とした末に、三ヶ月まえからこちらで引き取ることになりました。……水害であったと、聞いています。天は目の前で両親を失ってしまったそうです。五つにも満たない幼い子にとっては、あまりにも過酷な体験で……そのときのショックで、彼女は声を失ってしまいました」

「声を？」

「ええ。喋《しゃべ》ることが、できなくなってしまったのです」

——心因性失声症。

重度のストレスなどにより、発声することができなくなってしまう症状だ。

なるべく患者には感情移入しないよう努めている空洞淵でも、会ったこともない少女の境遇を気の毒に思ってしまう。予期せぬ自然災害とはいえ、目の前で両親を失ってしまった少女は、どれほどの深い悲しみに襲われたことだろう。

「そのためにコミュニケーションが困難になってしまったことも、親類をたらい回しにされた一因かと想像します。こちらで引き取ることになったときには、随分とやつれてしまっていて……我々も心を痛めておりました。しかしながら、こちらで穏やかな生活を送り始めてから、ソラの心の傷も癒《い》えてきたようで、少しずつですが笑顔を見せるようになってきました」

「それは素晴らしい。神父様やシスターのお人柄のおかげですね」

心からの称賛を送ると、ルシフェルは少年のようにはにかんだ。

「そう、なのでしょうか。いずれにせよ、ソラが元気になってくれたことが嬉しく、我々も胸をなで下ろしていたのですが……」

　そこで神父は表情を曇らせた。さすがに順風満帆とはいかないようだ。

「話すことができないソラのために、シスター・ユリカが五十音を書いた紙を作り、彼女に渡しました。筆談はまだ難しくとも、五十音表を使えば簡単なコミュニケーションは図れると考えたようで……。ソラも喜んでその提案を受け入れ、すぐにひらがなを覚えました。元々は喋ることができていたので、覚えることは苦ではなかったようです。我々はその五十音表を用いて、ようやく簡単なコミュニケーションを取ることができるようになりました」

　ここまではただのいい話だ。ただ、五十音表が何やら今後、面倒事の切っ掛けになってきそうな気はする。

「そのようなわけで、ひとまずは穏やかな日々が続いていたのですが……今から二週間ほどまえ、つまりちょうど梅雨明けくらいですね。子どもたちの間で、急に『エンジェルさん』なる遊びが流行《はや》り始めまして……」

　それはまた随分と唐突な話だ。

「何か切っ掛けがあったわけではなく？」

「ええ。子どもたちの誰かが外から仕入れてきたようなのですが、出所はよくわからず……」

困惑した様子のルシフェル。そこで朱雀院が割って入った。

「今、ウチには十五人も子どもがいるんだ。さすがに俺らだけで全員の行動を逐一監視するわけにもいかねえだろ」

「ああ、いや。神父様を責めてるわけじゃなくて……」空洞淵は慌てて注釈する。「急に流行りだしたというのが、時機的に少し気になってね」

梅雨の時期、空洞淵は立て続けに狸《たぬき》と狐《きつね》にまつわる二つの騒動に巻き込まれていた。

そして先ほど朱雀院とも少し話したが、『エンジェルさん』の別名は『こっくりさん』といい、それは漢字では『狐狗狸さん』と当てられる。

すなわち、狐と狸。

それらを連想させる『エンジェルさん』なる遊びが、騒動が終わって間もない今この時機を狙《ねら》ったように流行り始めた……。偶然とは思うが、まるで誰かが裏で糸を引いているようにも思えてどうにも落ち着かない。

数ヶ月まえまで〈幽世〉のあちらこちらで起きていた、月詠《つくよみ》という怪異にまつわるあれこれが一段落し、ようやく平和な世の中がやって来たと思った矢先、何やらまた新たな厄介事を起こそうとしている者の気配を感じ取っていたので、どうしても気になってしまう。

だが、いずれにせよ話を聞き進めなければ何も始まらないと気づき、中断させてしまったことを謝りつつ話を先へと促す。

「――『エンジェルさん』も、初めは何ということのない遊びだったようです。ようというのは、実際に私がこの件を把握したのは少し後になってからでして……。お恥ずかしい話ですが、私の仕事は教会の運営など実務に関するものが主で、子どもたちの世話の大半はシスター・エリカに任せきりなのです。ですから具体的な話は、後ほど妹のほうから改めて聞いていただきたいのですが……。いずれにせよ、最初はちょっとした遊びだったことは確かです」

少なくとも空洞淵の知る『こっくりさん』は、実際に狐の霊を呼び出すわけではなく、ただ何となく心霊現象っぽいことを体験するものに過ぎない。だからちょっとした遊びである、というルシフェルの認識は至極真っ当なものであるように感じられる。

空洞淵が彼の立場であってもそう判断するだろう。

「ところが、あるときソラがみんなを真似《まね》て自分の持つ五十音表で『エンジェルさん』を試してみたとき……。まさに神懸かりとしか言いようのないことが連続し、そのために側で見ていた他の子どもがパニックを起こしてしまったのです」

「神懸かり……具体的にはどのような？」

「ソラが知り得ないことを『エンジェルさん』によって答えた、と聞いています」

知り得ないことを答える――。確かに『こっくりさん』は、降ろした狐の霊に様々な質問をしてその反応を楽しむ遊びだ。

実際には無意識の筋肉の動きにより硬貨が五十音表の上を移動しているのだから、参加者の知り得ないことは質問をしたところで何も反応はしないはず。その上で、具体的な回答があったのだとしたら、確かに神懸かりと言えなくもない。

「こちらも詳細は後ほど妹にお尋ねください。ともあれ、我々も危険性を把握して、『エンジェルさん』を禁止にはしたのですが、なにぶん子どもたちの好奇心には敵《かな》わず、その後も何度か繰り返し、やはり時折パニックを起こしてしまうので正直参っています。次第に子どもたちもソラを、神様が遣わした天使だ、と噂《うわさ》し始めて畏《おそ》れるようになってしまい、近頃は孤立気味で……。せめてパニック発作さえ起きなければ、いずれ皆も飽きるでしょうし、一時の流行と目を瞑《つむ》ることができます。そこで先生の元へサクラを遣いに出した次第なのです」

サクラ？　と再び出てきた知らぬ名に首を傾げそうになるも、文脈から何となく察しが付いてしまった。空洞淵はゆっくりと隣に座る朱雀院へ視線を向ける。

「……ひょっとして朱雀さん、下の名前、『サクラ』って言うの？」

念押しの確認。すると朱雀院は苦み走った顔で、

「……ああ。こんないい歳《とし》したおっさんが、『桜』なんて可愛《かわい》らしい名前似合わないだろ……。笑ってくれていいぞ……」

どうやら名前を気にして、これまで頑《かたく》なに苗字《みょうじ》だけを名乗っていたらしい。空洞淵も人の名前を笑う趣味はないし、意外には思ったが似合わないというほどでもないと思う。

「全然変じゃないよ。綺麗な名前じゃないか」

「……そうか？」

如何《いか》にも訝《いぶか》しげな朱雀院。そこでルシフェルは微笑ましげに目を細めた。

「サクラは、ここへ来たとき名前がなかったので、シスター・ヱリカがこの聖桜教会にちなんで『桜』の文字をこの子に与えたのです」

「素敵な話ではないですか。きっとシスターからたくさんの愛を受け取って育ったのでしょうね。言葉遣いと人相は悪いですが、こうして真面目《まじめ》で誠実な大人に育ったことも頷《うなず》けます」

「……勘弁してくれ」

気まずげに顔をしかめる朱雀院。率直な感想を述べる空洞淵だったが、言ってから、おや？　と気づく。

「では、朱雀院という苗字はどこから？」

「それはサクラが祓魔師《ふつまし》として独り立ちする際に、自分で付けたものになります。私どもといたしましては、もう少々穏便な苗字のほうがこの子に合っていると思ったのですが……」

確かに、朱雀院なる苗字は些《いささ》か物々しいが、面構えの凶悪な彼には割とよく似合っている。育ての親としては複雑な心境だろう。

「——猊下。話題が逸《そ》れています」

気まずい話題が続いたためか、さすがに朱雀院が割って入ってくる。もう少し彼の子どもの頃の話などを聞いてみたい気はしたが、今は目的を果たすほうが先だと思い直して次の機会に取っておく。

改めて話を進める。

「朱雀院さんが僕を訪ねて来てくれた事情は理解しました。そして先ほど彼にもお伝えしましたが、やはり話を聞いただけでは処方を決めることが難しいと感じたので、こうして往診に参りました。僕の漢方でどの程度お力になれるか不安ではありましたが、詳細を伺って何とかなりそうな気はしています」

「それはよかった」ルシフェルは安堵《あんど》の息を吐く。「では、まずはどうされますか。早速子どもたちを診察なさいますか？」

「いいえ、そのまえに早速シスターからもお話を伺いたいのですが、今はお忙しいのでしょうか？」

ルシフェルに声を掛けてもらって、ヱリカとはそれきりになっている。他に職員もいないようであるし、その中で十五人もの子どもの世話をしているのだから忙しくないはずはないが……。

気を揉《も》んでいると思いのほかあっさりと、わかりました、とルシフェルは取り次ぎを約束してくれた。

「すぐに呼んできましょう。あとのことはシスター・ヱリカに任せますので、私はもう失礼しますね。空洞淵先生、何とぞよろしくお願い申し上げます」

深々と頭を下げてから、ルシフェルは応接室を出ていった。

実に丁寧で礼儀正しく、人間としてとても素晴らしい人物ではあったのだけれども……綺翠との一件が尾を引いていることもあり、正当に評価できないでいた。

自分はもっと客観的な人間であると思っていたが……綺翠のことになるとどうにも冷静でいられなくなることが最近増えてきた気がする。

それがよいことなのか悪いことなのか、判断に迷うところではあるが……。空洞淵が〈幽世〉へやって来てまもなく丸一年が経過するが、〈現世〉にいたときと比べて、自分が変わってしまっているのは間違いないようだ。強くなったのか、それとも弱くなったのか——。

「どうかしたか、空洞の字？」

朱雀院の声で我に返る。いい機会だったので、今のうちに少し探りを入れてみる。

「神父様って、どういう人？」

「どういう人……また難しい質問だな」

意外そうな顔で空洞淵を見つめる。

「一言で言うなら、聖人君子だな。こんな異国の地に急に連れて来られて、それでも信仰を貫きとおすために教会まで建てたんだから大したもんだよ」

「連れて来られて？　じゃあ、神父様たちは〈現世人《うつしよびと》〉なの？」

現世人。空洞淵のように、何らかの理由によってこの〈幽世〉へ連れて来られた、あるいは迷い込んだ人のことだ。空洞淵の知り合いにも、一人だけ同じ境遇の人がいる。

しかし、朱雀院は難しそうに首を傾げた。

「……うーん。まあ、広い意味で言えば、〈現世人〉かな。ただ、ちょいと事情があって、空洞の字みたいな現世人とはまた別ものと考えていい」

含みのある言い方。だが、あえて含みを持たせたということは、少なくとも今のところその事情について語る気はないということなのだろう。詮索《せんさく》がしたいわけではないので、空洞淵は話題を変える。

「普段、神父様って何してるの？」

「霊的指導、秘蹟の執行、布教……教会の運営に関することは全部やってるよ。教会の仕事は全部一人で担《にな》ってるから、それこそ御巫神社の代表の綺翠嬢ちゃんとも会合のときなんかにゃ話すこともあるだろうさ」

「……会合？」

急に綺翠の名前が出てきて焦《あせ》るが、可能な限り冷静を装《よそお》う。

「一年に一度、姫さんのところで教会、寺、神社の代表三名が集まってちょっとした会合をするんだよ。〈幽世〉三大宗教の意見交換ってやつだな。といっても、別にそんな大した話じゃない。お互い異教徒で普段接点が少ないから、姫さんが気を遣って相互理解の場を取り持ってくれてるみたいだ。話す内容もお互いの近況報告くらいだしな。昔一度だけ同席させてもらったことがあるが、ほんとにほのぼのしたただの茶会だったよ」

そういえば朱雀院は以前、駆け出しの頃に金糸雀と会ったことがあるというようなことを言っていたが、どうやらそれがこの会合のときのようだ。

「信仰の違いがあってもバチバチにならないのは、姫さんの方針のおかげなんだろうな。〈現世〉じゃあ、そう上手《うま》くもいかないんだろう?」

「……そうだね。ままならないものだよ」

少しだけ苦い思いを抱きながら空洞淵は答える。宗教闘争は、有史以来決してなくならない。そもそも宗教に関係なくても、地球上では今も争いが絶えないのだ。

人と人が真の意味でわかり合うことは、とても難しい。

極楽街というごく狭い範囲であれ、その理想が実現できているのは素晴らしいことだ。それは、金糸雀の方針のみならず、ルシフェル神父を始めとした、各宗教関係者たちが気を配りながら上手く調和を保っているからこそ叶《かな》うものなので、極楽街に住む者として、今後もその良好な関係が続いてほしいと願うばかりだ。

やはり綺翠の一件を抜きにすれば、ルシフェル・リィンフィールドという人は大変に素晴らしい人物であると評価せざるを得ない。

「じゃあ、最後に朱雀さんの個人的な意見を聞かせてもらいたいな」

「あん？　俺の意見？」

「うん。神父様のことをどう思ってるのかなって」

「俺にとっては命の恩人だよ」朱雀院は照れるように笑った。「拾ってもらえなかったらとっくに野垂れ死んでる。右も左もわからねえガキの時分だったからな。だから猊下にもシスターにも感謝してるよ。本当に、心から」

比較的斜に構えた発言が多い朱雀院にしては珍しい、真《ま》っ直《す》ぐな本音。

よほどルシフェルに心酔しているのだろう。空洞淵の立場で考えるなら、漢方のいろはを仕込んでくれた祖父や、〈幽世〉での生き方を教え、手を取って導いてくれた綺翠のような存在か。

何にせよ、自分の人生の指針となる尊敬すべき人がいるというのは素晴らしいことだし、同時にとても幸運でもある。人との出会いは一期一会《いちごいちえ》。一生そのような人と巡り会わない人生だって、きっと世の中には溢れているだろうから――。

感慨深い思いを抱いていると、ノックの音が響く。すぐに、失礼します、という声と共にドアが開き、修道服を纏ったエリカが現れた。

「お待たせしてしまって申し訳ありませんでした。お兄様に代わりまして、ここからはわたくしがご対応させていただきます」

ふわりと路傍の花のように控えめに微笑む。この暑い中、肌の大半を布で覆《おお》っているにもかかわらず、その整った顔には汗一つ浮いていない。

兄同様若々しい容姿といい、これも神に仕えて修行を続けた効果なのだろうか、と半ば見とれながら益体《やくたい》もないことを考える。

そういえば、御巫神社の巫女である綺翠も、常人離れした美しい容姿を誇っている。ひょっとしたら〈幽世〉の神には本当にそのような権能があるのかもしれない。

頭に浮かんだくだらない発想を振り払い、すぐに空洞淵は本題に入る。

「お忙しい中お呼び立てしてすみません。『エンジェルさん』についての詳細なお話を伺いたいのですが」

「はい、お兄様から諸々《もろもろ》言付けられております。わたくしにわかることは、すべてお話しさせてください」

先ほどまでルシフェルが座っていた椅子に腰を下ろすと、エリカは背筋を伸ばして姿勢よく空洞淵を見つめた。

「では、早速……。まず『エンジェルさん』とは、具体的にどのように行うのでしょうか？」

「そうですね……。こちらをご覧ください」

ヱリカは折り畳まれた和紙をテーブルに置いて、空洞淵の前へ差し出す。紙を開くと、中には拙い文字で五十音が書かれ、脇《わき》に一から十までの漢数字が並んでいる。さらに上部には〈はい〉〈いいえ〉と記載があり、その間には、羽らしきものが付いた人のような絵が描かれていた。『こっくりさん』における鳥居を描く場所だ。『エンジェルさん』特有の形式なのだろうか。

「これは、『エンジェルさん』で遊んでいた子どもたちから取り上げたものになります。年上の子は早々に危険性に気づいてわたくしどもの指示に従ってくれますが、まだ幼い子たちは好奇心の強さもあって、注意をしてこの五十音表を取り上げても、また作り直してこっそり遊んでいるようです」

困ったように小さく息を吐くヱリカ。

「……まあ、俺もシスターたちに無益な殺生《せっしょう》をしてはいけないと注意されてたけど、こっそり蛙《かえる》捕まえて食ったりしてたから……。大人の言うことを聞かない子どもたちの気持ちも多少わかるよ。反抗期ってやつかな」

「あなたはただ食い意地が張っていただけですよ」呆《あき》れたように言って、シスターは苦笑を浮かべる。「それでもサクラはこうして立派に育ちましたし、いずれは皆分別を持ってくれると信じています。ただ、今回ばかりは事が事なので、サクラのときのように暢気《のんき》に構えているわけにもいかず……」

　エリカの言うとおりだ。どの程度根が深い問題なのかはまだ把握し切れていないが、速やかに問題が解決されるに越したことはない。

　エリカは修道服のポケットから〈幽世〉で流通している硬貨を取り出して、紙の上に載せた。

「儀式の参加者は、硬貨に人差し指を置いて、『エンジェルさん』に様々な質問をします。基本的には夕食の献立や、誰が誰を好きなのか、というような他愛《たわい》のない質問です。多くはデタラメや参加者の希望的観測による回答しか得られませんが、たまにまぐれ当たりなどもしますので、そうなったら皆大喜びです。この失敗と成功のバランスが絶妙なあたりも、子どもたちが必要以上にのめり込んでしまう一因になっているように感じています」

　他にも、自分たちだけが特別なことをしている、という優越感や団結感も、子供たちが熱中する要因になっていそうだ。子どもたちがハマってしまうのも頷ける。

「では、問題の天さんの場合はどうなのでしょうか？」

「ソラは、このような儀式めいた紙は使いません。彼女との対話を目的として元々渡していた、五十音が書かれただけの紙を使って『エンジェルさん』を行います。しかし、紙の上に硬貨を載せる、といった全体の流れは共通です」

事前に渡していたものを儀式に流用しているのであれば、五十音表に何らかの特別な意味があるわけではなさそうだ。

「天さんは、喋ることができないそうですが……『エンジェルさん』への質問は、他の参加者が行うのですか？」

「はい。その答えがかなりの精度なものですから、参っていまして……」

表情を曇らせるヱリカ。天のことを思って心を痛めているのだろうが、ここはもう少し詳しく聞いたほうがいいと感じたので遠慮なく突っ込んでいく。

「天さんは『エンジェルさん』によって、彼女が知るはずもないことを答えたと聞いています。具体的にはどのような内容だったのでしょうか？」

「それは……」言いにくくそうに視線を彷徨わせるが、やがて観念したように空洞淵へ戻す。「たとえば、他の子がこの孤児院にやって来た理由、などですね……」

空洞淵は思わず息を呑む。

「――些か、デリケートな話題ですね。当然、シスターや神父様以外には知る由《よし》もないことなのですよね？」

「もちろんです。細心の注意を払って扱っていました。サクラにさえ、詳細は伝えていないほどです」

朱雀院に視線を向けると、彼は神妙な面持ちで頷いた。

孤児院へ子どもがやって来る理由――それはもちろん様々な事情があってのことであろうが、両親と死別した天や、そもそも名前すらない状態だった朱雀院などの例に漏れず、みな壮絶な体験の果てに辿り着いていることは想像に難くない。

そんな自分しか知らないはずの過去を、『エンジェルさん』によって言い当てられてしまったら、心的外傷を抉《えぐ》られてパニックの発作を起こす子どもが現れるのも当然だ。また一度でもそのような状況を目《ま》の当たりにしてしまったら、他の事柄を当てたときにも連鎖的に自分のトラウマを想起して、パニック発作を起こしてしまうことだって十分に起こり得るだろう。

しかしながら、人が心の奥底に隠している秘密など、当てずっぽうで当たるものでもない。天と『エンジェルさん』を行ったときにだけ、そのような不可思議な現象が起こるのだとしたら実に奇妙だ。何らかの超常的な存在の力を借りて知らないはずの情報を出力した、ということなのだろうか……？

「朱雀さんは、その天って子を知ってるんだろう？　彼女が何らかの感染怪異である可能性は？」

〈幽世〉の理《ことわり》を知っている者であれば、誰でも最初に思いつく仮説。祓《はら》い屋《や》である朱雀院ならば、その人が感染怪異かどうかを一目で判断できるはずだ。しかし、彼は首を横に振った。

「いや……それが困ったことに、感染怪異じゃないんだ。少なくとも今はまだ、な」

感染怪異でないのであれば、超常の力は利用していないことになる。

「――なるほど。原因もわからないから対処ができず、それでせめてパニックだけでも抑えようとしているのか」

中々難しい状況のようだ。子どもたちの心の安定を優先するのであれば、強制的にでも全面的な禁止を図るべきなのだろうが、そうすると今度は陰でこっそりやられた際に非常事態が起きた場合、救助が遅れてしまう危険性もある。何より、そのような禁止令が出ている中でも、五十音表を使い続けざるを得ない天を特別扱いだと非難する声も上がりそうだ。

やはり強行的な対応は現実的ではない。

最善策は、知り得ないことを天がどのようにして『エンジェルさん』によって出力しているのかを明らかにし、もうそれが起こらないようにすることだが……。

「状況は理解できました。色々と検討しなければならないことは多いですが……まずは、優先順位の高い事柄から対応していきましょう。『エンジェルさん』に関係したパニック発作を一度でも起こしてしまった子どもを別室に呼んでもらえますか。診察をして、できる限り体質に合った薬を処方するよう努めます」

「わかりました。すぐに声を掛けて参りますので、空洞淵先生、何とぞよろしくお願い申し上げます」

流石《さすが》は双子といったところか。兄と全く同じ言葉を残して、ユリカは一旦《いったん》部屋を出る。

「朱雀さんはどうする？　診察に同席する？」

「――いや、身近な大人が一緒じゃないほうが話しやすいこともあるだろう。空洞の字に任すよ。必要があったら呼んでくれ」

よろしく頼む、と言い残して、朱雀院も出て行ってしまう。

応接室に一人残された空洞淵は、小さくため息を吐《つ》いた。考えなければならないことはそれこそ山積みだったが、一つずつ丁寧に処理していくしかない。

綺翠の件はどうしても気になるけれども、今は一旦忘れてこの件に集中しようと意識を改める。

近頃すっかり見なくなってしまった洋室をぼんやりと眺めながら、今日は帰りが遅くなりそうだ、と心の中で同居人の御巫姉妹に詫びを入れた。

3

空洞淵霧瑚は、これと言って特徴のない至って平凡な見た目をしている。

〈現世〉にいた頃は、中々人に顔を覚えてもらえないなど困ったこともあったが、〈幽世〉へやって来てからそれは意外な才能として開花した。

平凡な見た目をしているということは、外見で相手を威圧しないということ。

つまり――診察の際に、患者に心を開いてもらいやすいのだ。

それは特に子どもの診察の際に顕著で、最初は診察という未知の出来事に不安を抱えていても、空洞淵の顔を見たら不安や恐怖心をなくしてくれる。

〈現世〉にいた頃は診察をしていなかったため、この世界にやって来るまでは、自分にそんな意外な才能があるなんて思いもしなかった。

朱雀院のように見るからに強面《こわもて》では萎縮《いしゅく》してしまうし、逆にどこぞの法師のように優しげであっても何を考えているのかわからなければ警戒心を抱いてしまう。空洞淵のように如何にも人畜無害で平凡な見た目であるからこその利点といえる。

その才能を大いに生かして、空洞淵は孤児院〈福音の家〉での診察を進めていく。

初め、一人で不安そうに応接室に入ってきた少女も、少し言葉を交わしただけですぐに緊張を解いて、友だちのように色々話してくれた。

なえという名の十歳の少女で、孤児院の中では真ん中くらいの年齢に当たる。五年まえからここで暮らしているのだという。

「『エンジェルさん』は、シスターにやっちゃいけない、って言われてからやってないよ」

なえはハキハキと答える。嘘《うそ》を吐いている感じではなさそうなので、本当にやめているのだろう。実際にパニック発作を起こしたのだから、敬遠して当然か。

「内容までは聞かないから安心してほしいんだけど、発作を起こしたときの状況について覚えている範囲で教えてもらえないかな。どうしてこんなことが起きているのか、まだよくわかっていなくて」

一瞬躊躇《ため》いのようなものを見せながらも、なえは、うん、と小さく頷く。

「夏の初めくらいだったかな？　急に『エンジェルさん』が流行り始めて、最初はみんな怖がりながらも楽しんで遊んでたんだけど……。あるとき、天ちゃんが部屋の隅で一人で遊んでいたのを見掛けたから、あたしは軽い気持ちで、一緒に『エンジェルさん』で遊ぼう、って声を掛けたの。天ちゃん、すごく嬉しそうに私に付いてきてくれて、そのときは天ちゃんがもっとみんなと打ち解けられると嬉しいなって思ったの」

「なえさんは優しいお姉さんなんだね」

「うんっ！」

嬉しそうな笑顔を見せてから、なえはすぐに悲しげな表情を浮かべる。

「……それから、天ちゃんも加えて『エンジェルさん』を始めたんだけど、急に様子がおかしくなっちゃったの」

「おかしく？」

「……うん。天ちゃん、何かに取《と》り憑《つ》かれたみたいに無表情になっちゃって。しかも、急に『エンジェルさん』が迷いなく質問に答えてくれるようになったの。それまでは、全然動かなかったり、動いてもわけのわからないことしか返してくれなかったのに」

そのときのことを思い出してしまったのか、なえは急に寒さを堪《こら》えるように二の腕を擦《こす》った。

「あたし、何だか怖くなっちゃって……。それで絶対にあたし以外に知らないことを質問すれば、さすがに答えられないだろうってむきになって、『じゃあ、あたしがここへ来た理由を教えて』って聞いちゃったの。そうしたら……」

「それ以上はいいよ。ごめんね、つらいことを思い出させてしまって」

空洞淵は慌《あわ》てて止める。なえは泣きそうになりながら、こくりと頷いて口を噤《つぐ》む。

『エンジェルさん』を始めたら、天が豹変《ひょうへん》した、というのは実際に参加した子からでなければ得られない証言だ。重要な情報として頭の片隅に留め置きつつ、話を戻す。

「さっき少し気になることを言ってたけど……。天さんはあまりみんなと打ち解けられてないのかな?」

「うーん、正直あんまり」悩むように唇を尖《とが》らせるなえ。「喋れないってことで、みんなに遠慮しちゃってる部分はあると思う。それにちょっと恥ずかしがり屋みたい」

「恥ずかしがり屋?」

「うん。お風呂《ふろ》にね、みんなと一緒に入ってくれないの」

意外な言葉に、どういうこと? と空洞淵は先を促す。

「ここに住んでる子たちは、いつも三人か四人くらいで一緒にお風呂に入るの。そのほうが楽しいいし、お湯の節約にもなるから。でも、天ちゃんだけはいくら誘っても、誰とも一緒にお風呂に入ってくれないの。恥ずかしいんだって」

恥ずかしいから他人に裸を見られたくない、というのはよく聞く話だが、五歳前後の子どもにしては少し珍しい例かもしれない。

「それじゃあ、天さんは一人で入ってるの？」

「ううん。いつもシスターと一緒に最後に入ってるみたい。だからちょっと羨《うらや》ましいなって」

「羨ましい？」

「シスターもね、あたしたちと一緒にお風呂に入れないんだって。神様に仕える身体《からだ》だから、女の子同士でも裸は見せられないって。でも、それなら天ちゃんだけ特別ってことになるから、ずるいって思ってる子もいるみたい。このまえも神父様と二人で聖堂で何かやってたみたいだし……」

「神父様と二人だけで？　何をしていたの？」

「わからない。二人が聖堂に入っていくところを見掛けたからこっそり外から覗《のぞ》いてみたんだけど、何故か聖堂から消えてて……。とにかく、そういう色々なことが重なって、天ちゃんだけ特別でずるいって思われてるみたい」

なるほど。どういう事情があるのかはわからないが、いずれにせよ結果だけ見ればそれは贔屓《ひいき》に見えてしまうかもしれない。天が孤児院のみんなと十分に打ち解けられていない遠因になってしまっている可能性もある。

修道者であるエリカが人前での肌の露出を控えているのは、何となく理解できるが……天の場合も何らかの宗教的な理由なのだろうか。あとでエリカに改めて確認を取ってみたいところではあるが、話題が話題だけに正直尋ねづらい。どうしても必要になったら確認をしよう、と心に留めておく。

「でも、別に天さんがみんなから嫌われてるとか、いじめられてるとか、そういうのじゃないんでしょう？」

「全然！　むしろみんなもっと仲よくなりたがってるくらい！　ただ、まだここへ来て日が浅いし、どう接すればいいのか迷ってるの」

真剣な表情でなえは言う。優しい子だ。

「『エンジェルさん』の特別な力があるってわかってから、周りのみんなの、天さんへの対応が少し変わったって聞いたけど……それはどんなふうに？」

「んー、色々。面白がって、他にも聞きだそうとする子もいれば、何だか怖くなっちゃって距離を取る子もいるし……。あとは、天ちゃんを天使だって言って尊敬する子とか」

そういえば、ルシフェルがそのようなことも言っていたか。

「天ちゃんは神様の使いだから、なんでも知ってるんだって」

天使だから何でも知っている、というのは些か論理の飛躍があるような気もするが、子どもたちの認識がそうなのだとしたら中々に侮《あなど》れない。

この〈幽世〉は、人々の認知が現実に影響をもたらす世界なのだ。これまでも一部の人の歪《ゆが》んだ認知から様々な騒動が起きていたのだから、論理の飛躍と甘く見ることはできないだろう。今の状況では、遠からず天は何らかの感染怪異になってしまうはず。事態の推移には神経を使う必要がある。

「色々教えてくれてありがとう。それじゃあ、軽く診察に入るから、両手を机の上に載せてもらえるかな」

はい、と大人しく両腕を出すなえ。もうすっかり空洞淵に心を開いてくれているようだ。

早速左手の脈診から入る。子どもの脈診は、正直空洞淵も経験不足なので、より慎重に諸々を判断していかなければならない。

というのも、子どもは健康な状態でも陽気が強いので、脈が強めに出るのだ。つまり平常時でも大人が風邪を引いたときくらいの脈状のため、慣れていないと誤診に繋《つな》がりかねない。加えて、単純に子どもは腕が短く細いので、寸口、関上、尺中の三点が取りにくいというのもある。

集中して脈診を続けるが、なえがまだ幼いことを差し引いてもやはり脈が少し強めに出ている。パニックを起こしてしまったのは、体質的に驚きやすいというのもいくらか影響していそうだ。そのあたりを目標にして薬剤を選択すれば、今後のパニック発作を抑えられるかもしれない。

空洞淵は頭の中でいくつかの処方を思い浮かべながら、診察を進めていく。

舌診、腹診と続け、いずれも異常な所見は見当たらないことを確認。

なえが退室してから、二人の子どもが順番に現れたが、空洞淵の質問に対しては概《おおむ》ねなえと同じような回答をし、診察の結果もまた似たようなものとなった。

ひとまず子どもたちの治療方針にある程度の方向性を決められたので、どうにか役目を果たせたかなと空洞淵は胸をなで下ろす。

診察を終えて一息吐いたところで、ヱリカがコーヒーのお代わりを持って再び応接室に顔を出した。

「空洞淵先生、大変お疲れさまでございました」

「ありがとうございます。いただきます」

遠慮なくコーヒーを口に運ぶ。芳《こうば》しい香気と鋭い苦みが、疲れた身体に染《し》み渡っていく。疲労の蓄積した脳細胞には、やはり熱くて苦いコーヒーがよく効く。恍惚の吐息を零《こぼ》してから、改めてヱリカに向き直る。

「シスター、薬は決まりました。今日は一旦店に戻りますので、また明日改めて薬を持って伺います。実際に飲んでもらってみないと確かなことは言えませんが、薬が効けばおそらく今後、彼女たちが『エンジェルさん』に関係したパニック発作を起こすことはもうないはずです」

「そうなのですか！　さすがは先生！」

嬉《うれ》しそうに身を乗り出し、空洞淵の手を握ってくるヱリカ。ひんやりと冷たいヱリカの体温に空洞淵はどぎまぎしてしまう。

「本当にありがとうございます！　何とお礼を申し上げてよいやら……！」

「……お気遣いなく。これも僕の務めですから」

やんわりとヱリカの手を離し、気持ちを落ち着かせるためにまたコーヒーを啜《すす》る。

興味津々《しんしん》な様子でヱリカは灰色の双眸《そうぼう》を煌《きら》めかせていた。

「ちなみに、どのようなお薬なのでしょうか？」

「——今回の処方は、甘麦大棗湯《かんばくたいそうとう》という薬です」

答えながら、空洞淵は頭の中で『傷寒雑病論』の記述を思い浮かべる。

婦人臓躁喜悲傷欲哭象如神靈所作數缺伸甘麥大棗湯主之

『金匱要略《きんきようりやく》』の『婦人雑病脈証併治』に掲載されている処方だ。臓躁《ぞうそう》というのは、パニックやヒステリーのような症状で、感情の昂ぶりによって現れる諸症全般を示しているものであると考えられている。ともあれそのような状態には、甘麦大棗湯がよい、といった内容だ。

また感情が昂《たか》ぶるときには、肝気《かんき》の亢進《こうしん》が見られる。肝は五行で言うところの木気《もつき》に属する。木気が亢進すると木剋土《もつこくど》により、相対的に土気《どき》が抑制される。土気に属する五臓は脾《ひ》だ。

つまり、感情の昂ぶりによって肝気が脾気を抑えつけてしまうことになる。

甘麦大棗湯の構成生薬《しょうやく》は、甘草《かんぞう》と小麦と大棗のみであり、その気味は甘草と大棗が甘平、小麦が甘微寒とすべて甘い。甘味は脾気を補うので、肝気による抑えつけを減弱させて相対的に肝気亢進を抑制する。

このあたりの五行の均衡による作用は少々複雑でわかりにくいが、非常に重要な処方選択の材料になる。

何よりも、甘麦大棗湯は甘くて飲みやすいので、小さい子どもでも嫌がらずに飲んでもらいやすい。今回の件では、そのあたりもしっかり考慮に入れている。

処方の効果や選択理由について簡単に説明すると、ヱリカは理解できたのかできていないのかよくわからない曖昧《あいまい》な口調で、

「……東洋の医学というものは、哲学的で難しいのですね」

と答えた。これればかりは本当にそのとおりなので、空洞淵も心苦しいばかりだ。

「とにかく早速明日から先生のお薬を試してみます」

「是非お願いします。もし他にも感情が昂ぶりやすい子がいるようなら、一緒にあげても大丈夫ですから」

処方を決めるという本来の目的を果たし、内心で胸をなで下ろしたところで、せっかくの機会なので、一方の気になる案件にも手を出していく。

「あの、それともう一つだけよろしいでしょうか？」

「何でしょうか？」

「可能であれば、天さんともお話をしてみたいのですが……」

そもそもの騒動は、すべて天という一人の少女から始まっている。軽くでも話を聞

いておく必要があるだろう。

「そうおっしゃると思って、今サクラに呼びに行ってもらっています。まもなく来る頃でしょう」

優しい口調でヱリカがそう言ったとき、応接室のドアがノックされ、黒衣の男とその半分くらいほどの背丈の幼い少女が入室してくる。僅かに腰を屈《かが》めた朱雀院に手を引かれている少女は、不安げに視線を彷徨《さまよ》わせている。

「ソラ、大丈夫ですよ。こちらへいらっしゃい」

安心させるように微笑《ほほえ》み掛けるヱリカ。少女は寄り添うようにヱリカの隣の椅子《いす》に座った。机を挟んでちょうど空洞淵の向かいになるところだ。

怯《おび》えたような上目遣いを向けてくる少女――天。たくさんのレースがあしらわれた薄桃色のドレスのような服を着ている何とも愛らしい少女だ。くるりとした大きな目と、それを縁取る長い睫毛《まつげ》。小さいながらも高く通った鼻筋に、薔薇《ばら》の花弁を思わせる可憐《かれん》な唇がよく映える。

陶器のような白い肌も相まって、まるで黒髪の西洋人形のようだ。これならば神が遣わした天使と思われても仕方がない。

「初めまして、天さん。僕は、空洞淵霧瑚という街の薬屋です。桜さんの友だちとして今日はこちらにお邪魔しています」

怖がらせないように、殊更《ことさら》穏やかに語りかける。天は湖面のように透きとおった瞳《ひとみ》ではす向かいに座る朱雀院を見やる。

「大丈夫だよ。この兄ちゃんは、優しいから天が嫌がることはしないよ」

普段よりも一段と柔らかい口調で朱雀院は答える。子どもたちにはこんなふうに接しているのか、と意外な一面が見られて少し嬉しくなる。

そのとき天が、けほけほ、と乾いた咳《せき》をして喉《のど》を押さえた。緊張性の咳だろうか。喉に何かが引っ掛かっているような咳にも思えて、空洞淵は少し心配になるが、すぐにそれも治まる。

そして何事もなかったように天は机の上に紙を広げた。それは使い込まれ、端々が切れてボロボロになった五十音表だった。天は慣れた手つきで五十音表の上に指を滑らせていく。

『そらです　こんにちは』

「はい、こんにちは。天さんと少しお話がしたくてシスターに呼んでもらいました。急な呼び出しで驚かせてしまってごめんなさい」

『だいじょうぶ　です』

天は一度視線を机の上から空洞淵へ向け、それから躊躇いがちにまた指を走らせる。

『せんせいは　みこさまの　こいびと　ですか』

「僕のことを知ってるの？」

予想外な言葉に空洞淵は面食らう。エリカがくすくすと楽しげに含み笑いを浮かべて補足する。

「この子は巫女様《みこ》のファンなのです。先月、ちょっとした用事で巫女様に教会まで足を運んでいただいたのですが、そのときに一目惚《ひとめぼ》れをしてしまったそうで」

顔を赤らめて、天ははにかむ。少し緊張が和らいだようだ。何とも可愛らしい笑みで空洞淵も胸の奥が温かくなった。

共通の話題があるのはありがたい。おそらく朱雀院から空洞淵の話も簡単に聞いていたのだろう。

「今は御巫神社に住まわせてもらってます。綺翠とは……うん、まあ、仲よくやっていると思います」

『すてき』

幼い少女には似つかわしくない語彙《ごい》で、天は眩《まぶ》しげに目を細めて指を動かす。

『わたしも　みこさまみたいな　すてきなひとに　なりたい』

教会からすれば、綺翠は異教の神の巫女という少々複雑な存在になるはずだが、まるで気にした様子もなくエリカは微笑ましげに天に慈愛の視線を向けている。〈国生みの賢者〉金糸雀のおかげもあり、宗教の融和が果たされた〈幽世〉ならではの光景だと空洞淵は感心してしまう。

「もしよかったら、今度神社へ遊びに来てください。綺翠も喜ぶと思います」

『うれしい　ぜひ』

頬を上気させて目を煌めかせる天。その姿はまるで恋する乙女のようでもあり、何とも言えず愛らしい。エリカも、よかったですね、と優しく天の頭を撫《な》でる。

彼女の緊張を和らげるためにも、もう少し雑談に花を咲かせたいところではあったが、あまり長居をしても迷惑と思い直して空洞淵は少し踏み込んでいく。

「天さんには特別な力があると聞きました。もしよかったら、僕にもそれを見せてもらえませんか？」

すると天はまた不安げな表情を浮かべ、傍らのエリカを見上げた。大丈夫ですよ、とエリカは優しく言う。

「空洞淵先生は、ソラの味方です。決してあなたの悪いようにはしませんから、見せてあげてください」

親も同然のヱリカの言葉に、天は逡巡《しゅんじゅん》を見せながらも小さく頷いた。

洋服のポケットから硬貨を取り出し、恐る恐る五十音表の上に置く。天は人差し指でそっと硬貨に触れる。ヱリカに促され、空洞淵と朱雀院もそれに倣《なら》い人差し指を硬貨に載せた。

集中するように一度目を閉じる天。些細《ささい》な変化も見逃さないように空洞淵も意識を集中する。次に目を開けたとき、天の様子が僅《わず》かに変わったような気がした。

子どもらしくころころと変わっていた表情は人形のように冷たく引き締まり、紙面に向けられた眼光は鋭く、どこか大人びても見える。

それは、綺翠が祝詞《のりと》を奏上したときにも似て、神々《こうごう》しさすら覚える姿だった。

何が起きているのかは理解できなかったが、ただ事ではないことくらいは鈍感な空洞淵にも察せられる。

そのときヱリカが、質問をどうぞ、と小声で囁《ささや》く。天は喋《しゃべ》れないのだから、『エンジェルさん』に何かを尋ねるには参加者が質問するしかないことに今さら気づき、空洞淵は慌てて質問を繰り出す。

「……では、『エンジェルさん』。僕が〈現世〉にいた頃の恩師の名前を教えてください」

空洞淵以外には知り得ないことを尋ねてみる。綺翠にも伝えていないくらいなのだから、少なくとも天は絶対に知らないはずだ。

しばし反応はなく、硬貨はピクリとも動かない。空洞淵は自分の無意識で硬貨が動かないよう脱力し、尚《なお》かつ五十音表からは視線を外してじっと天の表情だけを見つめている。誰も答えを知らない質問に、意図的な脱力と視線外し。本来であれば、硬貨は動かないか、あるいは無意味に紙面を滑るだけの状況であったが……。

そのとき、急に硬貨は動き出した。紙面を見ていない空洞淵には、どの文字が示されているのかわからない。やがて四回ほど直線を描いて動きは止まる。

視線をヱリカに向けると、すぐに意図を察したように彼女は答えた。

「『こみやま』と硬貨は示したようです。如何《いかが》でしょうか？」

「――っ」

思わず息を呑《の》む。

――小宮山。

それは紛れもなく、空洞淵が〈現世〉で病院に勤めていたときの恩師の名だ。

この五十音表の中から、四文字を無作為に抽出する組み合わせ方は、ざっと五十の四乗とおり。つまり『こみやま』の四文字を抽出する確率は、およそ六百万回に一回くらいになる。偶然とは考えられない。

どうやら本当に『エンジェルさん』は天の知り得ない情報を出力しているようだ。原理は不明だが、そう考えるしかない。

では、空洞淵すらも答えを知らない、もっと抽象的な質問はどうだろうか。

「……『エンジェルさん』。直近で、この先〈幽世〉で何が起こるか教えてください」

〈国生みの賢者〉を含めて、誰も知り得ない問い掛け。先ほど同様、すぐに反応はないようで、硬貨は一所に留まったままだ。

さすがにこの質問は意地悪すぎたか、と別の質問をしようとしたとき、そろそろと硬貨は動き出した。今度は空洞淵も答えを知らないので、紙面へ視線を向ける。硬貨はいくつかの文字の上で止まり、やがて中央へ戻る。

「……え？」

示された文字を脳が理解したとき、空洞淵は思わずそんな間の抜けた声を漏らしてしまった。『エンジェルさん』が答えたのは僅か三文字。

『ほろぶ』

――滅ぶ。

あまりにも簡潔で無味乾燥な言葉に、空洞淵は背筋が冷たくなった。

〈幽世〉が滅ぶということは、この世界に住むすべての存在もまた滅ぶということ。

「……おい、空洞の字。こいつはいったいどういうことだ」

明らかな緊張を声にはらませながら朱雀院は問うてくるが、空洞淵に答えられることなど何もないのでただ沈黙だけを返す。

確かに森羅万象に終わりは来るのだろうが……『直近』でそれが訪れるとなれば話は別だ。

この春、実際に〈幽世〉は崩壊の危機を迎えた。空洞淵はその一件に深く関わり、様々な幸運を味方に付けてどうにか最悪の結末を回避することに成功したのだが……そのようなことが近い将来に再び起こるということだろうか。

空洞淵は声の震えを必死に抑えながら、質問を重ねる。

「……『エンジェルさん』。〈幽世〉の崩壊は、具体的にいつ頃起きるのでしょうか」

硬貨は静止している。先ほど同様、しばらくしたらまた動き出すものと、緊張してそのときを待ったが、一分ほど待っても硬貨は静止したままだった。具体的な日時はまだ定まっていない、ということなのだろうか。このあたりの判断は迷うが、動かないものは仕方がない。

「……『エンジェルさん』。質問を変えます。〈幽世〉の崩壊は、具体的に誰の手によって行われるのでしょうか」

静止していた硬貨は、ゆっくりと動き出した。そして示された文字列を目にして、今度こそ訳がわからなくなってしまった。

『うろぶちきりこ』

神の使いはそう告げる。

――空洞淵霧瑚。

つまり自分の手、あるいは判断によって、近い将来〈幽世〉が滅ぶということ。当然、空洞淵からすれば寝耳に水の話で、思いあたるふしは全くない。そもそも、空洞淵には世界を滅ぼすほどの大それた力もなければ、そんな判断を下すほどの度胸もないのだ。ならばこれはいったいどういうことなのか……。

考えが纏《まと》まらず、思考は空転を繰り返す。

「……おい、空洞の字」

身を案じるような朱雀院の声で、空洞淵はようやく正常な思考を取り戻す。

「この件を掘り下げたって、実のある回答はたぶんない。一旦別の質問に変えたほうがいいんじゃないか」

それもそうか、と思い直す。誰も知らない未来のことを答えられても、それが正しいか今の空洞淵たちには判断できないのだ。天の『エンジェルさん』を正当に評価するならば、別の切り口から材料を得るしかない。

すぐに空洞淵は別の質問を繰り出す。

「――では、『エンジェルさん』。最後に、明日の天気を教えてください」

本当の直近かつ誰も知らないこと。もちろん、天気ならば適当に言っても偶然合致する可能性は十二分に考えられるが、それでも判断材料にはなる。

空洞淵は硬貨が動き出すのを待つ。やがてするすると硬貨は紙面を走り出し――そしてあまりにも意外な答えを示した。

――『ゆき』。

空洞淵と朱雀院は目を丸くして顔を見合わせた。

明日の天気は雪。この真夏に、である。

にわかには信じがたいが、それ以上硬貨は動かなくなってしまったので、『エンジェルさん』の回答はこれで確定ということだろう。

どうしたものかと反応に困っているうちに、ふぅ、と可愛《かわい》らしい吐息を零して天は硬貨から指を離した。最後、と言ったため自動的に『エンジェルさん』の儀式が終了したのかもしれない。空洞淵たちも硬貨から手を離す。

また不安そうに視線を彷徨わせる天。隣に座るヱリカが柔らかそうな髪をそっと撫でた。

「十分です、ありがとうございました」

天は母に甘える幼子のような上目遣いでヱリカを見上げて小さく頷《うなず》いた。

空洞淵は、その光景を微笑ましいと感じながらも、近い将来、自分が原因で〈幽世〉が滅ぶという『エンジェルさん』の言葉に、言い知れぬ不安を覚えてしまった。

4

夜。夕食も済み、風呂も終えた空洞淵は、御巫神社母屋《おもや》の濡《ぬ》れ縁《えん》に座り込んで、一人、ぼんやりと庭を眺めていた。

〈現世〉の熱帯夜とは異なり、この世界の夏の夜は比較的涼やかで、日中に比べればかなり過ごしやすい。蚊取り線香の匂《にお》いをはらんだ風が頬を撫でると、いつかの原風景を思い出す。

空には無数の煌めきが瞬《また》いていた。

光害のないこの世界の夜空は、文字どおり漆黒のキャンバスに広がる星屑《ほしくず》の大瀑布《だいばくふ》となる。

子どもの頃、祖父に買ってもらった宇宙図鑑を夢中になって読んだが、空洞淵が特に執心したのは馬頭星雲やオリオン大星雲のような見た目が美しい地球から遠く離れた天体ばかりで、地球から肉眼で観察できる身近な星座については一切興味が湧かなかった。

そのためこうして夜空を見上げても、星座は一つもわからない。こんなことならばもっと真面目《まじめ》に図鑑を読んでおくべきだった、と今になって後悔するほど、この世界の夜空は美しい。

気まぐれに耳を澄ませば、庭先では蛙や鈴虫の鳴き声が響き、時折、心地のよい風鈴の乾いた音色も鳴り渡る。それはまるで夏の夜の子守歌のようで、心と身体に穏やかな安らぎを与えてくれた。

昼間の〈福音の家〉での一件が、まだ空洞淵の心に重くのし掛かっていた。

考えたところで詮《せん》ないことであるとは重々承知しているのだけれども、自分のせいで〈幽世〉が滅ぶとあっては、どんな些細な可能性も見過ごせず、必要以上に神経質になってしまう。

加えて綺翠とルシフェル神父の一件も、まだ何も解決していない。天の一件が思いのほか深刻であったために、つい後回しにしてしまっていたが、こちらも決して軽く見てよい案件ではない。

　というか、空洞淵の今後にも関わる最重要案件ともいえる。こちらも早急に解決したい問題ではあるのだけれども……綺翠とルシフェルの関係を知ったのが、偶然街で見掛けたため、というある種覗き見たような状況だったこともあって、この話をどう綺翠に切り出せばよいのかもまだよくわかっていない。

　空洞淵は比較的素直な人間なので、この手の腹芸は苦手だ。

　だから下手な小細工など弄《ろう》さず、単刀直入に聞くのが一番いいことは間違いないはずだが……しかしながら、

「今日の昼間、教会の神父様と楽しそうに話してたけど、どうして？」

　などといきなり直球で尋ねることが、どちらかといえば愚策であるということがわかる程度には、空洞淵にも分別がある。

　綺翠にも私的で内密な時間はあるのだ。その時間に彼女がどこで何をしようがそれは彼女の自由であり、探りを入れて根掘り葉掘り聞き出す権利など空洞淵にはない――と思う。

　このあたりの少々入り組んだ人間関係のあれこれは、〈現世〉にいた頃から友人と

呼べる存在の少ない空洞淵にとっては、未知の事象と言っていい。

それゆえに、正解もわからなければ、判断材料も少なく、途方に暮れるしかない。

そんなささくれ立った気持ちが、風呂上がりの倦怠感《けんたいかん》と爽《さわ》やかな夜風によって少しずつ弛緩《しかん》していく。まあ、きっとたぶん綺翠の件は空洞淵の思い過ごしで、彼女と神父は空洞淵に隠し事をしなければならないような関係ではないのだろう。

だから天の一件でまた何か厄介事が起きたとしても、いつものように空洞淵と綺翠で力を合わせれば、どうとでも切り抜けられるに違いない――。

そんな些《いささ》か楽観的な結論に至ろうとしていたまさにそのとき。

「――あら、宵涼み？」

急に声を掛けられる。慌てて視線を向けると、廊下に御巫綺翠が立っていた。

風呂上がりのようで、白地に水色の線が入った涼しげな浴衣《ゆかた》を着て、濡れそぼつ長い髪に手ぬぐいを当てている。普段は白いばかりの肌は僅かに上気して赤らみ、肌に浮いた玉の汗が月明かりに輝き、得も言われぬ色気を醸《かも》し出す。

動揺を悟られないように視線を庭先へ逸《そ》らし、ただ、うん、とだけ答える。

綺翠は何も言わずに、空洞淵のすぐ隣へ腰掛けた。肩が触れあい、薄手の浴衣越しに彼女の高い体温が伝わってくる。ふわりと漂う石けんの芳香。情報過多で頭がくらくらしてくる。

「──髪、よかったら乾かそうか」

何とはなしにいたたまれない気持ちになり、気づいたらそう提案していた。じっとしているよりは、何かをしていたい気分だった。

意外そうに目を丸くする綺翠だったが、すぐにふっと笑みを浮かべて、

「それじゃあ、お願いしようかしら」

と、空洞淵に背を向けて座り直した。もしかしたら、綺翠も気を遣ってくれたのかもしれない。ありがたい、と思いながら、しっとりと濡れて艶《つや》やかな光沢を放つ髪に触れる。

玉虫色に月明かりを反射する長い髪。空洞淵のものとはまるで違う、細く柔らかい質感。壊れものを扱うように、優しく手ぬぐいで水気を取っていく。

綺翠も空洞淵も何も言わない。ただ耳朶《じだ》を震わせるのは夏の余韻ばかり。

視界の隅で、蚊取り線香の煙が、天を目指して螺旋《らせん》を描く。

穏やかな時間が、染み入るように心の隙間《すきま》を埋めていく。

「──ねえ、空洞淵くん。何かあったの？」

不意に囁く。さすがは綺翠、鋭い。おそらく普段の空洞淵と様子が異なることに

早々に気づいたのだろう。

「……今日ちょっと、色々あってね」

彼女に嘘は吐けない。空洞淵は正直に教会での出来事を語る。ただし、患者の個人情報に関わる部分だけは上手《うま》くぼかしておく。

語り終える頃には大分綺翠の髪も乾いていた。ありがとう、と礼を述べた綺翠は、乾いた髪をひとまとめにして身体の前で結った。彼女が夜寝るときの姿。普段よりも幾分大人っぽく見えて、またドキリとしてしまう。

改めて二人並んで濡れ縁に腰を下ろす。

「――今日も一日大変だったみたいね」

労《ねぎら》いの言葉を掛けつつも、綺翠の表情はやや険しい。

「それにしても……空洞淵くんが〈幽世〉を滅ぼすというのは穏やかじゃないわね。冗談にしてもたちが悪いわ」

空洞淵を愚弄されたと思っているのか、普段よりも言葉が荒い。天を庇《かば》うように注釈する。

「ただ状況的に見ても、出任せを言っているわけじゃなさそうなんだよね」

「『エンジェルさん』……つまり天使よね。生憎《あいにく》と神道《しんとう》には存在しない概念だから、仮に何らかの怪異だとしても私の知識は役に立ちそうもないのだけど……」

　前置きをしてから、綺翠は所見を述べる。

「話を聞いた感じでは、その子の異能は、金糸雀の〈千里眼〉に近い印象を受けたわね」

「……確かに。全然気づかなかったよ」

　思いも寄らなかった発想に感心する。

　かつて〈国生みの賢者〉金糸雀には、極楽街で起こったほとんどあらゆることを認知する〈千里眼〉という異能が存在した。色々あって現在はもうその能力も失われてしまったが、もしかしたら天が無意識のうちに金糸雀の〈千里眼〉のような力を使っている可能性はある。

「でも……その子は普通の人間だよ？　朱雀さん曰《いわ》く、感染怪異でもないみたいだし……。そんな普通の子が、〈千里眼〉なんて強力な異能を持てるものかな。金糸雀でさえ、かなり特殊な事情の結果、偶発的に獲得したくらいなのに」

「もしかしたら、私や朱雀院さんみたいな、特別な人間なのかも」

　綺翠や朱雀院——つまり、祓い屋。

　彼女たちは、怪異を祓う異能を持っているが、根源怪異でも感染怪異でもない。事情はよくわからないが、生まれついての異能者、超能力者のような扱いらしい。ならば、天もまた綺翠たちと同じような存在という可能性は十分にある。

「念のため明日、金糸雀にも相談に行きましょう。私も同行してあげるから。いつもみたいに一人で勝手に行っちゃだめよ」

どこか非難めいた言葉。気まずくなって空洞淵は視線を外す。

どうやら綺翠に内緒で、たまに一人で金糸雀に会いに行っているのはバレているらしい。金糸雀は森の奥にある屋敷に住んでいるのだが、綺翠は空洞淵が一人で森に入ることを快く思っていないため、何となく言い出しづらくて黙っていたのに……。

結局すべてお見通しということなのだろうか。

「――でも」

そこでほとんど衝動的に反抗心が湧《わ》いてしまう。

待て、止まれ、と普段意識の大半を支配している冷静な自分が割って入ろうとするが、今はどういうわけか、意識を自分の思いどおりに操ることができなかった。

綺翠が空洞淵の身を案じて一人で金糸雀に会いに行くな、と言っていることは理解できる。それはありがたく思うし、何よりとても嬉しくも思う。

だが――空洞淵が綺翠の私的な時間に干渉する権利がないのと同様に、綺翠にだって空洞淵の私的な時間に干渉する権利はないはずだ。

綺翠が、ルシフェル神父と楽しそうに買い物をしていたように、空洞淵にだって一人で金糸雀に会いに行く権利があるのではないか。

にもかかわらず、そのような非難めいた言葉を向けられてしまったら……空洞淵としてもただ言われるまま黙っているわけにはいかない。

——余計なことは言うべきではない、という内なる自分の制止を振り切り、空洞淵は口を開く。

「でも……それなら綺翠も似たようなものじゃないかな」

「え？」

意外なことを言われたというふうに、空洞淵を見つめる綺翠。

しばしの沈黙。二人の間に妙に冷たい風が過《よぎ》った。

すぐに空洞淵は自らの失態を悟り、慌てて言い繕う。

「——ごめん。何でもないんだ。ただ、ちょっと、その……余計なことを考えてしまって。綺翠は何も悪くないから……今後はちゃんと言いつけを守って、なるべく一人で金糸雀のところへは行かないようにするよ」

「……そう？」

空洞淵が普段と違う様子であることを察したように、心配そうな視線を向けてくる綺翠だったが、すぐ気を取り直したふうに立ち上がった。

「——まあ、いいわ。空洞淵くんも今日は色々あって疲れているのね。明日も早いだろうし、もう寝ましょう」

おやすみなさい、と言い残して、綺翠はさっさと自分の寝室へ消えていった。

去りゆく背中へ手を伸ばしかけるが、結局いま掛けるべき言葉が何も見つからなかったので黙って見送る。

「……はあ」

深いため息を零す。

どうにも——上手くいかない。

綺翠のことになると冷静さを欠いてしまう。まるで何かを恐れているように……。

考えたところで答えは出ない。

頭を冷やすために、もうしばらく夜風に当たっていこうかな、とも思ったが、何だか急に風が冷たくなってきたため、湯冷めしないようにと慌てて寝室へと向かった。

第三章

改変

I

翌日。異様な寒さに目を覚ますと、空からはちらほらと白い雪が舞っていた。

一瞬、夢と見紛《みまが》うが、薄手の浴衣《ゆかた》を咎《とが》めるような冷気が肌を刺し、これが紛れもない現実であることを示していた。

山岳地帯ならまだしも、真夏の平野に雪が降ることは基本的にはあり得ない。天《そら》の『エンジェルさん』の予言が当たったことは驚嘆に値するが、しかしながらこの事象をどのように評価すべきかは、起きしなの鈍い頭ではよくわからない。

「うわー、雪だあ！」

いつの間にか空洞淵《うろぶち》の隣に立っていた妹巫女《みこ》の穂澄《ほずみ》が軒下から鈍色《にびいろ》の空を見上げて無邪気な歓声を上げた。起きたばかりのようで、寝間着の上にどてらを羽織っている。

「ねえ、お兄ちゃん！　積もるかな！」

好奇心旺盛《おうせい》な穂澄は、目をきらきらと輝かせてこちらを見る。

積もらないと思うよ、と空洞淵は正直に答える。連日の猛暑で地面は十分すぎるほど温められている。この程度の雪では積もりはしないだろう。

「でも、二、三日はかなり過ごしやすくなると思うから、もし今のうちに多めに買い出しとか行く予定があるなら、付き合うからいつでも言ってね」

「ありがとう、お兄ちゃん！」

白い息を漏らしながら、弾《はじ》けるような笑顔を向ける穂澄。今日もとても可愛《かわい》い。

身体《からだ》を冷やさないよう、厚手の普段着に着替えてから朝食をいただく。

朝食の間、空洞淵は綺翠《きすい》と会話を交わすことができなかった。昨夜の一件が尾を引いていて、どのように綺翠と接していけばよいのかわからなくなってしまったのだ。

綺翠もまた空洞淵に気を遣ってか、話しかけてくることはなかった。

そんないつもと違う二人の様子から、穂澄も不安げに、

「お姉ちゃんとお兄ちゃん、喧嘩《けんか》でもしたの……？」

と尋ねてくる始末で、余計な心配を掛けてしまっている現状に空洞淵も反省するばかりだ。

その場は綺翠が、大丈夫よ、と宥《なだ》めてくれたので収まったが、いつまでもこのよう

な中途半端《はんぱ》な状態を続けるわけにもいかない。

――しかしながら、今優先しなければならないのは間違いなく天《そら》の一件だったので、綺翠の件は一旦《いったん》保留にする。

その後、気まずさを引《ひ》き摺《ず》ったまま、空洞淵と綺翠は二人で賢者の元へ向かう。

出掛ける頃にもまだ雪はちらついていたが、じきに止《や》みそうではあったので傘は持たずに家を出る。森に分け入り、獣道を進むこと四半刻《しはんとき》ほど。不意に生い茂る木々が拓《ひら》けて、平屋の立派な屋敷が顔を覗《のぞ》かせた。

――大鵠庵《だいこくあん》。

俗世を避けるようにひっそりと佇《たたず》むこの屋敷に、〈国生みの賢者〉は住んでいる。

屋敷を囲う石垣の前で、見知った少女が掃き掃除をしていた。

深紅の髪の侍女――紅葉《もみじ》は、空洞淵たちに気づくと、箒《ほうき》を動かす手を止めて頭を下げた。

「空洞淵様、綺翠様、ようこそお出《い》でくださいました。どうぞこちらへ」

紅葉は自分の作業を中断して主人に取り次いでくれる。

玄関を通り、外観からは想像もつかない長い廊下を進んだ先。一際豪奢《ひときわごうしゃ》な襖《ふすま》が据えられたいつもの客間に通される。座布団《ざぶとん》に腰を下ろして、しばし待つ。

まもなく絢爛《けんらん》豪華な十二単《じゅうにひとえ》に身を包んだ〈金色《こんじき》の賢者〉が現れた。床に付きそうなほどに伸ばした黄金色の髪が、彼女の動きに合わせてふわりふわりと蝶《ちょう》のように揺れる。小柄な体軀《たいく》も相まって、さながら妖精《ようせい》のような佇まいだ。

「お待たせしてしまい申し訳ありませんでした、主《あるじ》さま、綺翠」

金糸雀《カナリヤ》は、蒼玉《そうぎょく》の双眸《そうぼう》を三日月のように細めて空洞淵たちの来訪を喜ぶ。空洞淵は諸々《もろもろ》の複雑な心境を一旦忘れて金糸雀に語りかけた。

「――急にお邪魔してごめんね。最近暑いけど、夏バテとかは大丈夫？」

「お気遣いありがとうございます、主さま。おかげさまでわたくしは、毎日健康に過ごしておりますよ」

とても嬉《うれ》しそうに金糸雀は答える。額に燦然《さんぜん》と輝いていた第三の眼も、今はもうない。だからこそ、楽しげに微笑《ほほえ》む姿は本当に年頃の少女のようにしか見えないが……。こう見えて千年以上もの長きを生きる〈幽世《かくりよ》〉最強の根源怪異なのだから、この世界では人を見た目で判断することができない典型と言えよう。

ちなみに彼女は空洞淵のことを『主さま』と呼ぶが、これは両者に主従関係があるためではなく、単に彼女が過去に主と認めた人物と空洞淵が似ているというだけの理由からである。

「――早速だけど、今日は少し困ったことがあって来たの」

空洞淵の変調を気にしてくれているのか、綺翠が口火を切った。

「あまり私の得意ではない領域の問題だから、空洞淵くんの相談に乗ってあげてくれないかしら」

「わたくしにできる範囲のことでしたら、喜んで協力いたしましょう」

すぐに年頃の少女から、聡明《そうめい》な〈国生みの賢者〉の顔になって金糸雀は姿勢を正した。

空洞淵は、教会での出来事を簡単に金糸雀に話す。一度、綺翠に説明していたこともあり、話も散らからずに的確に用件だけを伝えることができた。

ちょうど話を終えたところで紅葉がお茶を運んで来てくれた。今日は特別に寒いので熱いお茶が大変美味《おい》しく感じられる。

金糸雀は普段よりも幾分真剣な面差しで、なるほど、と呟《つぶや》いた。

「些《いささ》か事情が込み入っているようでございますね。主さまが最も気になっているのは、やはりその少女のことなのでしょうか」

「そう、だね」空洞淵は頭の中で情報を整理しながら答える。「パニック発作から発覚した今回の騒動だけど、大元を辿《たど》ればその子の『エンジェルさん』が異常に的中したことが始まりだと思うから……どうしてそんなことになっているのかは知りたいね。原因がわからなければ、対策も立てられないし」

「ではまず、そちらからお話ししましょうか」

一度お茶を含んで口を湿らせてから、金糸雀は語り始める。

「結論から申し上げますと、その少女の持つ異能は、わたくしに由来するものでしょう」

「金糸雀に由来する……？　つまり、〈千里眼〉ということ？」

綺翠は尋ねた。金糸雀は曖昧《あいまい》に頷《うなず》く。

「厳密に言うと少し違いますが……力の源は同じなので、今は同一のものとお考えください。非常に稀《まれ》なことですが、世界には生まれながらにしてわたくしに由来する異能を持つ人が現れます。これは〈幽世〉を創《つく》る以前から起きていることで……。綺翠の〈破鬼〉の力や、主さまの〈眼〉も、本来は同じくわたくしに由来する異能ですが、その表現の方法が異なるため、それぞれ異なる独立した能力に見えているだけです。その少女もきっとそうなのでしょう」

感染怪異でも根源怪異でもなく異能を持っているのであれば、綺翠と似たようなものなのだろうと勝手に思っていたが……空洞淵の〈眼〉もそうであるとは思いも寄らなかった。

「私の〈破鬼〉の力はともかく、空洞淵くんの〈眼〉は空洞淵家固有のものなのではなかったの？」

首を傾《かし》げる綺翠。空洞淵も同じ疑問を抱いた。確か、以前話を聞いたときは、空洞淵の先祖は、金糸雀と出会うまえから特殊な〈眼〉を持っていたように説明された気がするのだけれども……。

「主さまの〈眼〉は元々、空洞淵家固有のものではありません」

あっさり否定する金糸雀。

「ある理由から、主さまのご先祖様である守弥《もりや》様が偶発的に獲得したものになります。そしてその獲得には、わたくしに由来するあるものが関与している……。今、お話しできることはそれくらいです。つまり、わたくし本人と直接的に関係があるわけではないものの、わたくしという存在には間接的に関係がある、という感じです」

これ以上の説明は、現状を複雑にするだけなので控えますが、と断りを入れて金糸雀は話題を戻す。

「しかし、通常であれば生まれつきそのような異能を持っていたとしても、それに気づくことなく生涯を終えることがほとんどです。綺翠たち祓《はら》い屋《や》のように、その能力に覚醒《かくせい》して自覚する人のほうが少数でしょう。事実、主さまはご自身の〈眼〉が特別なものであることを知りながら、その能力についてはほぼ無自覚でいらっしゃいます」

　空洞淵の〈眼〉は、〈この世ならざるモノを視《み》る〉という特別なものらしいが、少なくとも空洞淵はそれを実感したことがほぼないし、自分は特別な力を持たない普通の人間であるという認識を持っている。

　たとえ、どれほど特異な力を持って生まれたとしても、その力を行使できなければただの人だ。

「ですから本来であれば、その少女も異能を発現することなく生涯を終えるはずでした。ところが無意識とはいえ、覚醒してしまった……。おそらくご両親を目の前で亡《な》くされたという出来事が切っ掛けなのでしょう。もしかしたら、自身もそのときに生死を彷徨《さまよ》ったのかもしれません。往々にして人が何かの力に目覚めるのは、〈死〉に直面したときですから」

　天は水害で両親を失ったと聞いている。天自身も何らかの危機に瀕《ひん》していたとしても不思議ではない。それは声を失ってしまうほどの体験だったのだから……。

「ともあれ、大きな不幸に見舞われた結果、少女は無自覚のまま異能に覚醒してしまった。少女が、誰も知らないはずのことを『エンジェルさん』によって出力できるのはそのためです」

「……あの子を、普通の人間に戻してあげることはできないのかな」

そうですね、と金糸雀はしばし考え込む。

「――感染怪異を用いれば、不可能ではないと思います」

「感染怪異を用いる？」空洞淵は繰り返した。

「はい。感染怪異は現実の改変を行います。つまり、〈少女に不思議な力などない〉という噂《うわさ》を流布《るふ》し、感染怪異にしてしまえば、そのとおりになり異能を失うかもしれません。ただし、わたくしに由来する異能は少々特殊で、並みの噂程度では異能を失わせるほどの現実改変は起こせません。これは、〈幽世〉の保護機能の一端と捉《とら》えてくださいませ。つまり、ちょっとした噂で〈幽世〉の守護者たる〈破鬼の巫女〉が、祓い屋としての力を失ってしまったら、この世界の人と怪異の均衡が崩れてしまう恐れが出てきます。それを防止するために、わたくしに由来する異能に関しては、他の事象と比較して〈強固な現実〉として設定してあるのです」

〈破鬼の巫女〉は、〈幽世〉に常時存在する唯一《ゆいいつ》の祓い屋であり、秩序維持の要《かなめ》になっている。そんな〈破鬼の巫女〉の能力を、ちょっとした噂程度で無効化できてしまったら、〈幽世〉の安定的な運営にも支障が出てしまう。

それを防ぐための措置として、そのような特別な設定がなされているのはある種当然とも言える。

「ただ、それでも想定以上の認知が蓄積されれば、現実改変は起こってしまいます。〈破鬼の巫女〉であっても、感染怪異によって能力を失う可能性はゼロではないのです。それが〈幽世〉の理《ことわり》である以上、この世界に〈絶対〉はありません」

絶対はない――。それはつまり、成功も失敗も、等しく現実になり得るということ。

重たい言葉だ、と無意識に背筋が伸びる。

そこで金糸雀は、残念そうに目を伏せた。

「……しかし今回の例では、すでに少女が超常の力を持っていることは、孤児院に住む多くの子どもたちに知られてしまっているわけでして。後付けの理屈で、周囲の人々の認知を書き換えることは難しく、現実的とは言い難いというのが正直なところです」

普段であればまず認知が先行した結果、感染怪異という異能を発現してしまうのが常だが、今回は逆で、まず結果ありきで、その後に認知が広まっている。異能を無効化する方向で認知を広めるというのは確かに厳しそうだ。

「あとはもう一つだけ、例外的な裏技もないことはないのですが……」

「裏技？」

「はい。それこそ、綺翠の〈破鬼の力〉を用いることです」

金糸雀の蒼玉《そうぎょく》の瞳《ひとみ》が巫女に向けられる。空洞淵も釣られるように綺翠を見た。

「……私の力を使うというのは、具体的にどういうこと？」

神妙な顔で尋ねる綺翠に、金糸雀は愛娘《まなむすめ》を導く母のように優しく告げる。

「先ほども申し上げましたとおり、あなたの持つ〈破鬼の力〉は、わたくしの力に由来するものですが……。そうした異能の中でも最高峰の能力になります。それはあなた自身がよく理解していることでしょう？」

「――まあ、一応は」

曖昧に頷く綺翠。

空洞淵は、ほぼ一年近くを綺翠と共に過ごし、祓い屋としての彼女の様子も側で見てきたが、普通の祓い屋では不可能な、ほとんど現実改変と言ってもよいほどの〈破鬼の力〉を何度か目にしていた。

ちらと綺翠を見やる。彼女は金糸雀の言葉を反芻《はんすう》するようにしばし考え込んでいたが、すぐに何かに思い至ったように口を開く。

「――つまり、私ならばその気になれば、本来は祓えないはずのその子の異能さえも祓えてしまうということ？」

「ありていに言ってしまえば、そういうことになりますね」

金糸雀は大仰に頷くが、綺翠はまだ懐疑的な様子だ。

「でも……私はまだそこまでこの〈破鬼の力〉を振るえていないわ。これまでにも、確かに何度か私の力が特別な結果をもたらしたことはあったけれども……。それは狙《ねら》ってやったわけではなく、あくまでも偶然の産物でしかない」

「そうですね。〈破鬼の力〉は、本来ほとんど万能に近い異能ではありますが、それゆえに出力が制限されています。そうでなければ、いくら何でも〈破鬼の巫女〉に力が集中しすぎて、それはそれで〈幽世〉の秩序が崩壊してしまうおそれがありますから」

「実際にはどういう条件でそれが起きるの？」空洞淵は情報を整理しながら尋ねる。

「偶然であっても、実際に特別な結果がもたらされているのであれば、ある程度は再現性がありそうなものだけど……」

そこまで考えて、空洞淵は〈幽世〉の理に則したある仮説を思いつく。

「ひょっとして、それも綺翠の認知が影響する？」

「一つには、そうです」金糸雀は重々しく頷いた。「綺翠の認知、現実をどのように捉《とら》えているかが、〈破鬼の巫女〉の祓いの結果に少なからず影響します。条件によっては、因果さえ断ち切るほどに」

どこか意味深に、金糸雀は視線を空洞淵へ向ける。

「ただしそれだけでは不十分です。綺翠一人の認知で世界を書き換えられてしまっては、やはりそれは〈幽世〉の秩序に影響が出ます。そうならないよう、彼女の力を外から制限する存在が重要になってきます。それが……主さま、あなたです」

「……僕が？」

寝耳に水の話で、空洞淵は面食らう。はい、と金糸雀は神妙な様子で続ける。

「綺翠が思うままに力を振るうには、綺翠自身の認知と、そして想《おも》い人のことを強く想う必要があるのです。主さまを守りたい、主さまと会いたい、などその表現は様々でしょうが、とにかく主さまのことを綺翠が心の中で強く想うことで、無意識に限界を超えた力を引き出せるのです。言うなれば、主さまは綺翠にとってのストッパーであり、同時にトリガーでもあるわけです」

あえてなのか、綺翠にはわからない言葉で補足する金糸雀。

確かにこれまでのことを振り返ってみれば、大きな現実改変が起こったとき、その出来事には少なからず空洞淵が関与していたように思う。

ちらと綺翠を窺《うかが》うと、気恥ずかしげに俯《うつむ》いていた。彼女なりに思うところがあったのだろうが……綺翠が現実改変を行うための条件がわかったとしても、現状に大きな変化がないのは少々残念だ。

ほとんど万能とも言える力を綺翠が好き勝手に振るえないことに変わりはなく、言ってしまえばそれは、彼女自身が自らの認知に強く縛られているということに他ならない。

意識的に認知を変えることは、大抵の人にとってとても難しい。それは空洞淵でさえも例外ではない。

「……いずれにせよ、綺翠の力で天さんの異能を無効化する方向性は、偶然に頼り過ぎてるし、あまり現実的ではないかな」

そう結論づける空洞淵。綺翠もどこか申し訳なさそうな様子で、そうね、と頷いた。

ならば結局のところ、どうにかして天にもう『エンジェルさん』をやらないよう説得するしかないが……。

そこまで考えたところで、ふとした疑問が湧《わ》き起こる。

そもそもどうして天は未《いま》だに『エンジェルさん』を続けているのだろう？

ルシフェルやヱリカが問題視するくらいなのだから、『エンジェルさん』を禁止してからも、陰でこっそりと天は『エンジェルさん』を続けているのだろうけれども……。

彼女の控えめな性格からして、目の前で誰かがパニックに陥ってしまったのならば、自分の力を恐れて『エンジェルさん』から距離を置きそうにも思える。にもかかわらず、他者を危険に晒《さら》してまで『エンジェルさん』を続けているのは何故《なぜ》なのか。誰かにやらされているという感じでもなさそうだったし……。

もしかしたら、そのあたりの事情さえわかれば、『エンジェルさん』を止めさせることも可能かもしれない。

僅《わず》かな希望を抱く空洞淵だったが、そこで綺翠が眉を顰めながら金糸雀に尋ねた。

「一つ疑問があるのだけど……。その子が、〈千里眼〉のような力を持っているというのは状況的に見ても確かなものだと思うけど、今日が雪であることを当てたのはどういう原理なの？　あなたの〈千里眼〉には、そんな未来予知みたいな力はないはずだけど」

「え、そうなの？」

意外な言葉に空洞淵はつい間の抜けた声を出してしまう。だが、思い返してみれば、金糸雀が〈千里眼〉を持っていたときは極楽街で起きたあらゆる事象を認識していたが、未来予知のようなことをした記憶はない。未来予知はどちらかというと——。

「どちらかというと、〈未来視〉のほうはわたくしではなく、月詠《つくよみ》の能力に近いですね」

　金糸雀には、月詠という妹が存在しており、月詠もまた尋常ならざる力を持っている。現在は、〈幽世〉の物見《ものみ》遊《ゆ》山《さん》に精を出しているため極楽街から離れているようだ。

「月詠の〈未来視〉も、元々はわたくしの力と起源を同じくするものになります。ですから、その少女に〈未来視〉のような能力が発現することはそれほど不思議ではないのですが……わたくしが気になっているのは、その内容です」

「内容？」

「はい。〈未来視〉は、あくまでも未来に起こるかもしれない事象を事前に認知するだけの能力です。しかし……お話を伺っていて、少女が〈未来視〉によって本日の天気が雪であることを当てたようにはどうにも思えなくて……」

　金糸雀の言わんとしていることは、実は空洞淵も気に掛かっていたので、すぐにその意図を察することができた。

　つまり、昨日の今日で、たまたま特徴的な天気の変化が起こったとするのは、些か状況的にできすぎているように感じられるのだ。

　そもそも日本では、真夏の平野に雪が降る確率などほとんどゼロに等しい。〈幽世〉は、三百年まえの江戸を元に作られているので、気候区分なども同一のはずだ。事実、この一年を振り返ってみても四季の移り変わりは、空洞淵のよく知る関東近郊のものと比べて大差はない。ならば、なおさら夏に雪など降るはずがないことはよくわかる。

　そんな奇跡のようなことが、『エンジェルさん』に翌日の天気を尋ねたときにたまたま起こったというのは——どうにも意味深だ。

「……ひょっとして、因果を捻《ね》じ曲げた？」

　不審げに呟く綺翠。因果を捻じ曲げる——本来は起こりえないことを、無理矢理起こす、というような意味合いだろう。

　しかし、金糸雀は曖昧に首を振った。

「うーん、広義ではそうなのでしょうが、どちらかというと自分の意思を現実に反映させた、というほうが近い気がします」

「意思の反映……？　そんなことが可能なの？」訝《いぶか》しげに問う綺翠。

　普通は不可能です、と金糸雀は答えた。

「ただし、わたくしに由来する能力を持っていたとしたら、それも可能となります。

先ほども少し触れましたが、綺翠の〈破鬼〉の力と似たようなものでしょう」

綺翠の〈破鬼〉の力は、現実を改変することで強制的に怪異を祓う。自らの意思で現実を改変できる、という点において両者は同質のものと言えるかもしれない。

「おそらくその子は何らかの理由で翌日が雪になることを望んだのでしょうね。連日猛暑が続いていましたから、急に冬が恋しくなったのかもしれません」

そこで空洞淵は、朱雀院《すざくいん》が氷をお土産に持ってきたことを思い出す。彼は、氷売りが教会に来た、と言っていた。ひょっとして、そのとき冷たい氷に触れたために、雪が降ることを望んだ……？

実に子どもらしい微笑ましい発想ではあるが、看過するには大事《おおごと》過ぎる。

「この力は、小さな子どもが持つにはあまりにも危険なんじゃ……？」

「はい、主さまのお見立てどおり大変危険なものです。野放しにはできないほどに」

至極真剣な声で、金糸雀は続ける。

「できることならば、その子の能力への対応が決まるまで、こちらで保護して隔離すべきである、というのが正直なところですが……。傷ついた幼い少女を、力尽くで教会から引き離すのも気が引けます」

そんなことをしては、今度こそ天の心が本当に壊れてしまうだろう。

さりとて、何もせずに指を咥《くわ》えて見ていられる状況でもない。

どうしたものかと考え倦《あぐ》ねるが、結局答えなど初めから決まっている。

「……つまり、僕が上手《うま》く立ち回って、穏便に事を収めるしかないってことだね」

「――いつも主さまにばかりご負担を掛けてしまって申し訳ありません」

「気にしないで。これまでは金糸雀に任せきりだったんだから」

隣の綺翠がそっと空洞淵の肩に手を置いた。

「一人で背負い込まないで。私もできうる限り協力するから」

綺翠の協力も仰げるのであれば百人力だが、ありがたいと思う半面、昨夜から引き摺っている綺翠に対する気まずさもあり、これまでと同じように協力を仰いでよいものかと迷ってしまう。

だが、今はそれよりももっと気掛かりなことがある。

「その、僕のせいで〈幽世〉が滅びるっていうのは……〈未来視〉なのかな？　それとも……その子の願望？」

金糸雀は困ったように目を伏せた。

「どうなのでしょうね……。その子に破滅願望があり、結果的にそれが『エンジェルさん』の答えとして出力された可能性はあります。その場合は、この問題を解決すれば何事もなかったように立ち消えると思いますが……。〈未来視〉の場合は、しばらく様子見になりますね」

曖昧な回答。しかし、すぐに空洞淵を勇気づけるように補足する。

「未来というものは、本来とても不確定なものです。あの月詠でさえ、〈未来視〉により認知した未来を現実にたぐり寄せるために、あらゆる暗躍をしていたほどですから……。仮に主さまが〈幽世〉を滅ぼす可能性があったとしても、その未来を強く望まない限りは、現実にはならないはずです。未来なんて、人のちょっとした気まぐれで常に変化してしまうものなので……どうか深くは考えないようにしてくださいませ」

気にならないといえば嘘《うそ》になるけれども……。考えたところでどうなるものでもないことは間違いない。

一旦、余計なことは忘れて、天を救うという本来の目的に集中しよう。

空洞淵と綺翠は、金糸雀に礼を告げて、大鵠庵を後にした。

2

綺翠と別れ、一旦伽藍堂《がらんどう》に寄ってから、空洞淵は一人で教会へ向かう。

昨日約束した薬を届けるためだ。雪はすでに止んで日が差し始めている。気温も早朝に家を出たときよりは幾分上がり、上着が要らないくらいになっているが、汗ばむほどではなくかなり過ごしやすい。暑くなるまえに用事を済ませようと、足早に歩き進める。

教会は昨日と変わらず、まるで大昔に時が止まってしまったかのように静かに佇んでいた。空洞淵が生まれるまえから、そして空洞淵が死んだあとも、きっとそれが当然であるように、ただここにあり続けるのだろうと思う。

苔生《こけむ》し、蔦《つた》が這《は》い回った教会の古い外壁を横目に見ながら〈福音の家〉まで回り込む。

ごめんください、と声を掛けるとすぐにヱリカが現れた。

「空洞淵先生！　おはようございます。朝早くから本当にありがとうございます」

「朝早くでご迷惑ではありませんか？」

「教会の朝は早いものですよ。それこそどうかお気になさらず」

修道服のベールを揺らし、ヱリカは小首を傾げた。

それから空洞淵は早速持ってきた処方を渡して煎《せん》じ方を丁寧に説明する。慣れない人には難しい漢方の煎じだったが、すぐにヱリカは理解してくれた。

「早速煎じてみましょう。空洞淵先生はもうお仕事に戻られますか？」

「――いえ。少し朱雀院さんに用があるのですが……いますか？」

「今頃はまだリビングで子どもたちの相手をしていると思います。どうぞご自由にお入りください。廊下の突き当たりがリビングになりますので」

薬を煎じるためか、ヱリカはどこか別の場所へ行ってしまった。空洞淵は、一人でリビングへ向かう。左右にドアが並ぶ廊下を進んだ先には、日当たりのいいリビングが広がっていた。

「サクラー！　エクソシストごっこやろうぜ！」

「ダメだよ！　サクラちゃんはあたしたちとおままごとするんだから！」

「ねえ、絵本読んでよ、サクラー」

「サクラー、おしっこー」

「わかったから順番にしてくれ！　俺は一人しかいねえ！　おしっこが最優先だから

今は席を外すが、俺がいない間、おまえら喧嘩するなよ！」

子どもたちの賑《にぎ》やかな声が溢《あふ》れる中、悲鳴に近い朱雀院の声が響く。これほどまでに悲痛な彼の叫びを聞いたのは初めてだったので面食らっていると、空洞淵の来訪に気づいた朱雀院がこれ幸いと歓喜の声を上げる。

「ちょうどいい！　空洞の字、悪いがちょっと俺が戻ってくるまで子どもたちを見ててくれ！　おい、おまえら！　この兄ちゃんが遊んでくれるらしいから、いい子にして待ってろ！」

言うや否《いな》や、空洞淵の返事も待たずに、三歳くらいの小さな子を抱きかかえて朱雀院は飛び出して行く。リビングに残された子どもたちの視線が一斉に集まり、空洞淵はたじろぐが、すぐに覚悟を決める。

「……ええと、桜さんの友だちの空洞淵霧瑚《きりこ》です。よろしくね」

一瞬の沈黙。しかし、すぐに耳を劈《つんざ》くような歓声が湧き上がり、好奇心旺盛な幼い子どもたちを中心に群がってくる。床に座り込み、しばしの間揉《も》みくちゃにされているとようやく朱雀院が戻ってくる。

「おっ、いい子で待ってたみたいだな。偉いぞ。ほら、シスターが自習室で待ってるから、みんなそろそろ勉強してこい。またあとで遊んでやるから」

朱雀院の号令で、未就学の幼な子以外は皆しぶしぶといった様子でリビングを出て行く。まるで台風が過ぎ去ったあとのような疲労感に、空洞淵はため息を零《こぼ》す。

「すまない、空洞の字。ちぃとばかり時機が悪かったな。でも助かったよ」

「いや……。朱雀さん、毎日こんなふうに子どもたちのお世話してるの？」

「ああ。まあ、俺もここで育ってるから慣れたもんよ」

照れたように笑いながら、朱雀院は背中に幼な子を二人乗せ、四足歩行でリビングを歩き回る。お馬さんごっこの最中だった。子どもたちはキャッキャと嬉しそうだ。

「それより空洞の字、何か俺に用があったんじゃないのか？」

「用はあるけど……まあ、急いでないからそれが終わってからでいいよ」

「そうか、助かる」

至極真面目《まじめ》な顔でそう答えて、彼は室内の徘徊《はいかい》に戻る。

そのとき空洞淵は、リビングの隅で自分の身体よりも大きなクマのぬいぐるみに抱きついて、こちらを窺っている少女に気がついた。相変わらずこの世のものとは思えないほど愛らしいが……今日は妙に神々しく見える。怖がらせないようゆっくりと歩み寄る。

「こんにちは、天さん」

急に声を掛けられたためか、天は驚いた猫のように大きな目で空洞淵を見上げてから、こくりと小さく頷いた。

「桜さんがああして遊んでいる間、もしよかったら僕の話し相手になってくれないかな。何もしないでじっとしているのは性に合わなくてね」

また意外そうに空洞淵を見つめてから、けほ、と空咳《からぜき》をする天。昨日も似たような咳をしていたので少し気になった。

天はドレスのような可愛らしい服のポケットから例の五十音表を取り出して床に広げる。

「もしかして今みたいな咳、結構出るの？」

小さく頷く。

「喉《のど》がむずむずする？　それとも何か引っ掛かってるみたいな感じ？」

『なにか　ひっかかってて　とれない』

「少し喉を見せてもらってもいいかな？」

言われるまま、天は小さな口を開ける。覗き込むが、喉が炎症で腫《は》れていたりする様子はない。扁桃腺《へんとうせん》のあたりに触れても異常はない。軽く腹診をしてみると、心下部が少し硬くなっていた。

気の詰まりか、と空洞淵は当たりを付ける。

「ひょっとして、声が出せなくなってからずっとそんな感じかな？」

天は少し考えてまた悲しげに頷く。もしかしたら、治療をして天が喋《しゃべ》れるようになれば、もう『エンジェルさん』は行われなくなるかもしれない。

新たな可能性を見出《みいだ》す空洞淵だったが、今はまだ情報収集が先だと思い直して、質問を続ける。

「天さんは『エンジェルさん』が怖くないの？　怖がっている人もいるみたいだけど」

『すこし　こわい』

そう答えてから、天は真剣な表情で五十音表にまた指を走らせる。

『でも　がんばってつづけたら　おかあさんと　おとうさんにあえるから』

「……お母さんとお父さんに会える？」予想していなかった返しに空洞淵は眉を顰める。「それはどういう意味？」

『えんじぇるさんをつづけたら　ほんもののてんしになれるの』

本物の天使。意味がよくわからないが、少なくとも天はそれを信じているようだ。

「その話、誰から聞いたの？」

『きつねの　おじさん』

何気なく答える天。だが空洞淵の心臓は驚きのあまり確かに一度大きく拍動した。

動揺を悟られないよう、努めて優しく尋ねる。

「……狐《きつね》のおじさんというのは、どういう人なの？」

『きつねのおめんを　かぶったおじさん　もりであって　おしえてくれた』

狐のお面を被《かぶ》ったおじさん——。それは昨今の騒動の裏に見え隠れしている狐面の男のことだろう。正体は不明だが、どうにも騒ぎを大きくしようと暗躍しているようにも見えて正直不気味に感じている。

まさかこんなところでもその存在を確認することになるとは思っておらず、空洞淵は面食らう。

しかしながら、例の狐面の男が関与しているとなれば話は少々変わってくる。天に『エンジェルさん』を続けるように唆《そそのか》しているのだとすれば、間違いなく何らかの意図があるはず。ひょっとすると、〈福音の家〉の子どもたちに『エンジェルさん』を広めたのも狐面の男の仕業かもしれない。

さすがにその目的まではわからなかったが……これまでの経験上、彼の目論見《もくろみ》どおりに事が進めばきっとろくなことにはならないはずだ。できればすぐにでも天には

『エンジェルさん』を止めてもらいたいところではあったが……死んでしまった両親との再会を願って続けているのであれば、止めさせるにも慎重を期す必要がある。

たとえ人と怪異が共存するこの〈幽世〉であったとしても、死者は決して蘇《よみがえ》らない。

それはこの世界の基本原理の一つであり、何があっても覆《くつがえ》ることはない真理の一つだ。

しかし……そんな過酷な現実を、傷ついた幼気《いたいけ》な少女に突きつけてもいいものなのだろうか。両親との再会という最後の希望を断つことで、天は生きる気力すらも失ってしまうのではないか。

天を不幸にしてしまう可能性があるならば……安易に判断を下すべきではない。

少なくとも『エンジェルさん』を止めさせるにしても天を傷つけない形で納得してもらうほうが賢明だろう、とは思う。さすがに今この場で咄嗟《とっさ》には出てこないけれども……。

何と言うべきか言葉に迷っていたところで、朱雀院が側に寄ってきた。

「おう、待たせたな。ん？　天と何か話してたのか？」

「――いや。もういいんだ」今はこれ以上深入りしないほうがいいだろうと身を引く。

「天さん、付き合ってくれてありがとう」

お礼の気持ちを伝えてから、朱雀院を伴ってリビングの隅へ移動する。

金糸雀に伝えられたことを共有するという、ここへ来た目的の二つめを果たすと朱雀院は、助かるよ、と小声で言った。

「思ったよりも拙《まず》い状況みたいだな……。その狐面の男とやらも気になるし。ひょっとしてこの街じゃあ、また何かでかい陰謀でも渦巻いてんのかい？」

鋭い疑問。だが、今のところその真偽を判断できるだけの情報を空洞淵は持っていない。

「金糸雀の加護が消えたことで、これまで大人しくしていた存在が好機とばかりに動き出すことは十分に考えられるね。ただ、起こっていることはそれぞれ間違いなく単独の事象だから、個別に解決していかないといけないという部分では、これまでと状況に変わりはないかな」

まあ、それもそうか、と祓魔師《ふつまし》は渋面を浮かべる。

「いずれにせよ、天さんの問題は可能な限り早急に対応しないといけないね。今はまだ受動的にしか能力を発現できていないみたいだけど、能動的に使えるようになったらいよいよ拙い」

「自分の意思を現実に反映できる力か……。それにしても……両親と再会するために

『エンジェルさん』を続けてるってのは……少し都合が悪いな」

「都合が悪いって……どうして？」

「だって、天はそうすれば〈天使〉になれるって信じてるんだろう？」

「そうみたいだね」

「んー……。どう説明したらいいもんかな……」

朱雀院は困ったように首の後ろを撫《な》で、次いで改めて周囲に人の目がないかを確認してから声を落とした。

「……実はな。天にとって〈天使〉になる、って願いはそれほど突飛な夢物語じゃないんだ」

「どういうこと？」

空洞淵の感覚からすれば、十分に子どもらしい夢物語に思える。

「すぐ近くに手本がいるんだよ」

手本？　と聞き返すと、朱雀院は神妙な面持ちで頷いた。

「――シスターと猊下《げいか》は、〈天使〉の根源怪異なんだ」

3

——天使。

主にアブラハムの宗教の伝承などに登場する神の使いである。

神の意志を人々に伝え、守護する役目を担《にな》っている神聖な存在だ。

背中に白い翼を持つ美しい姿で描かれることも多く、また一般的に性別はないものとされている。

その人智《じんち》を超えた美しさから発展し、特別に見目の麗《うるわ》しい人を「天使のようだ」と形容することもある。

アブラハムの宗教に明るくない空洞淵でさえ知っているほどの、圧倒的な知名度を誇る超常的存在ではあるが……。しかし、〈幽世〉の有名な怪異である〈鬼〉や〈八《や》百比丘尼《おびくに》〉などのように、特殊な異能を持っているという話は聞いたことがない。

つまり、根源怪異としての特性がよくわからない。

「〈天使〉を怪異と呼ぶのも妙な話だが……まあ、そこは〈幽世〉の慣例に倣《なら》うしかない。それに根源怪異といっても、特別な力なんかはほとんどない。肉体が人よりも神に近いから不老不死なことと、神の声を聞けることくらいか」

不老不死。根源怪異ということは、やはり〈幽世〉の創世時からこの世界で生き続けているということか。

「そのことは、ここの子どもたちはみんな知ってるの？」

「いや、みんなじゃねえ。だが天だけは知ってる。このあたりの事情に関してはあまり詮索《せんさく》しないでくれ。俺も詳しくは知らないんだ」

知らないのであれば、深く突っ込んだところで意味もない。ただ、兄妹揃《きょうだいそろ》ってあの美貌《びぼう》であることを踏まえると、突然〈天使〉だったと言われても妙な納得感がある。

そんな存在がすぐ近くにいたら、自分も〈天使〉になれるのではないか、と幼い天が希望を持ってしまっても不思議はない。

「でも、兄妹の天使っていうのは、どういう理屈なの？　根源怪異は普通、無から生まれるから単体のはずだけど。それとも天使も、鬼や化《ば》け狸《だぬき》みたいに、子どもを産んで増やしていく種類の怪異なの？」

あるいは、『兄妹の天使』という特殊な存在が認知としてかつて存在したのかもしれないが、少なくとも空洞淵は聞いたことがない。

朱雀院は小さく首を振った。

「……いや、〈天使〉は増える根源怪異じゃない。そもそも〈天使〉には性別の概念がないからな。子どもを産んで云々《うんぬん》は、考えなくていい」

「じゃあ、兄妹っていうのはどういうこと？」

「ここがちょいとややこしいんだがな……。猊下とシスターは……人として生まれて、後天的に怪異になったんだ」

人として生まれて、後天的に怪異になった。

それではただの感染怪異ではないか。

空洞淵の考えを見通したように祓魔師の男は続ける。

「そんなことは、この〈幽世〉ではありふれてるけどな。でも、違うんだ。猊下たちには……この世界ができるよりも以前の〈現世《うつしょ》〉で、それが起きた」

一瞬何を言っているのかよくわからなかったが、すぐに一つの可能性も思い至る。

「まさか、〈現世〉で発生した感染怪異……！」

朱雀院は重々しく頷いた。

「……一般的には、〈現世〉で生まれたものが根源怪異で、〈幽世〉で生まれたものが感染怪異と認識されてるが……これはその例外の一つだな。少しややこしいが、感染怪異であっても〈現世〉で生まれているために、扱いとしては根源怪異ってわけだ」

　空洞淵は、以前綺翠や金糸雀から〈幽世〉の理について説明を受けたことを思い出す。

〈幽世〉で人々の認知から感染怪異が生まれるのは、世界に満ちる〈伝奇ミーム〉が、かつての〈現世〉と比較して格段に濃いためであるが、認知によって現実が書き換えられること自体は、〈現世〉でも起こっていた。

　根源怪異もまた、人々の認知から生まれたものなのだから、それは自明だ。

　しかしその場合、普通は無から根源怪異が生まれる。長い年月を掛け、蓄積した人々の認知が世界を書き換えた結果、根源怪異は発生するのだ。

「でも、人の一生程度の年月で、現実を書き換えるほどの認知を蓄積できるものなのかな。ただでさえ、当時の〈現世〉は〈伝奇ミーム〉がそれほど濃くなかったはずなのに……。〈現世〉で普通の人間が後天的に怪異を獲得するって、かなり例外的な出来事なんじゃない？」

「……おまえさん、本当に話が早くて助かるな」

　どこか呆《あき》れたように朱雀院はため息を吐《つ》いた。

「空洞の字のいうとおり、猊下たちのは特殊な例だ。どうしてそんなことになったのかは、俺も詳しくは知らねえ。だが、とにかく今は、猊下たちが元人間の根源怪異であると理解してくれ」

先日、空洞淵がルシフェル神父のことを朱雀院に聞いたとき、広い意味では〈現世人〉だ、と言っていたことを思い出す。確かにその出自ならば、そう答えるしかないなと今になって納得する。

「シスターたちの影響で、天さんが〈天使〉になることを具体的に想像しやすいのは何となくわかるけど……それで、〈天使〉になったら、両親に会えるっていうのがよくわからないな。そういう死者の声を聞くみたいな異能があるの？」

「ないな」断言する朱雀院。「さっきも言ったが、〈天使〉が持つ異能は、不老不死と神の声を聞くこと。あと強いて言うなら、人から愛されやすくなることくらいだ。死者の声を聞いたりはできねぇ」

人から愛されやすくなる——。それを聞いて空洞淵はドキリとする。

まさか綺翠は、ルシフェル神父の〈天使〉の異能のために彼に好意を……？

急に黙り込んだためか、不思議そうに、大丈夫か？　と顔を覗《のぞ》き込んでくる朱雀院。

空洞淵は呼吸が乱れそうになるのを必死に堪《こら》えながらも、大丈夫だよ、と答えてどうにか気持ちを切り替える。

「……死者の声を聞けないなら、やっぱり天さんが〈天使〉になるために『エンジェルさん』を続ける理由はないね。どうにかして、彼女をできる限り傷つけないように『エンジェルさん』を止めさせる方法を考えるから、朱雀さんのほうでも注意深く天さんのことを見守っててもらえるかな」

「ああ、それはもちろん。狠下たちにも共有しとくよ。悪いな、色々面倒掛けっぱなしで。空洞の字のほうで何か解決策が見つかりそうならすぐに知らせてくれ」

天のことと綺翠のこと。二つの事案に頭を悩ませながら、空洞淵は〈福音の家〉を後にした。

朝、家を出るのが早かったこともあり、伽藍堂を開けるまでにはまだ少し時間がありそうだった。せっかくの機会なので、たまには顔を出しておこうと思い、知り合いの家へ向かって足を進め始めた。

4

森の中のぽっかりと空いた空間に建つ、極楽街では珍しい煉瓦《れんが》造りの一軒家。

表札には物々しい書体で『カリオストロ錬金術研究所』と記されている。

この如何《いか》にも怪しげな家に、目的の知り合いは住んでいる。

立派な樫《かし》の扉に設《しつら》えられた曲線的な意匠のドアノッカーを叩《たた》いて待つことしばし
——。

「……誰だい、この世紀の大天才たる私の眠りを妨げるのは。日の出とともに寝て、日の入りとともに起きる日々を送っている私に太陽光を浴びせるとは……これはもはや大罪と言っても過言ではないよ——って、キリコくんではないか！」

不機嫌そうに扉から顔を覗かせた家主——アヴィケンナ・カリオストロは、来客が空洞淵であることに気づくや否や、表情を一変させて喜色を滲《にじ》ませた。

空洞淵も笑みを浮かべて挨拶《あいさつ》する。

「こんにちは、カリオストロさん。お休みのところすみません。少しお話ができればと思って伺ったのですが……出直した方がよいでしょうか」

「とんでもない！　汚いところだが、是非上がっていきたまえ！　コーヒー、飲んでいくだろう？」

眼鏡の奥のタペタムの双眸《そうぼう》を細めるアヴィケンナ。空洞淵も、是非お願いします、と答えた。

いつも無造作に後頭部でまとめられたアッシュブロンドの長い髪は、寝起きのためか今は下ろされている。少しだけ新鮮な気持ちになるが、側頭部で猫の耳のように髪が跳ねているのはいつもどおりで、それはそれで安心する。

彼女は極楽街に住む錬金術師である。

元々は、〈現世〉に住んでいたが、十年ほどまえに〈幽世〉へ迷い込んでしまったのだという。同じ〈現世人〉として、空洞淵のことをよく理解してくれており、こうして度々コーヒーをご馳走《ちそう》してくれるのだった。

〈幽世〉でもコーヒーを飲めるようにしてくれた彼女には、計り知れない恩義を感じている。

空洞淵はいつものリビングへ通される。

猫足の調度品で統一された少女趣味な内装。あちらこちらにぬいぐるみや人形が飾られており、まるで『不思議の国のアリス』にでも登場しそうな可愛《かわい》らしい部屋だ。

しかし、テーブルにはビーカーなどの実験器具が広げられ、床には分厚い専門書が無造作に積み上げられており、ここがただの少女趣味の部屋ではなく、錬金術師の実験室であることを示している。空洞淵は、ここへ来ると大学時代の研究室を思い出して落ち着くのだった。

慣れた手つきで手早くサイフォンでコーヒーを淹《い》れたアヴィケンナは、空洞淵の待つテーブルに着くと、紙煙草《かみたばこ》に火を点《つ》けて不味《まず》そうに煙を吐いた。

「――まったく、煙草というやつは、寝不足の身だと酷《ひど》い味だね」

「美味《おい》しくないのなら、いい機会ですし禁煙してみては如何《いかが》です？」

「そいつは無理な相談だね。これは我が灰色の脳細胞を十全に活性化させる魔法の霊薬なのだ。これがなければ、私など凡庸の権化《ごんげ》だよ」

冗談めかして肩を竦《すく》めるアヴィケンナ。口元から覗く八重歯はどこか愛嬌《あいきょう》がある。

「まあ、そんなことはどうでもいいさ。キリコくんは、何か私に用があって来たのだろう？　その様子だと、今朝、雪がチラついたこととも関係していそうだね。化学者としても実に興味深い事柄だ。是非きみの話を聞かせてほしい。そして私の眠気を吹き飛ばしてくれたまえ！」

そんな前のめりで大仰に言われると少々身構えてしまうところだったが……。空洞淵は熱いコーヒーを一口啜《すす》ってから、関係者のプライバシーに配慮しつつ、今回の件の概要について語る。

アヴィケンナは相づちを打つこともなく、ただじっと耳を傾けていたが、次第に不健康そうな青白い顔を興奮で紅潮させていく。

三分ほどで簡潔な話を終えたとき、錬金術師はタペタムの瞳を好奇心に煌《きら》めかせていた。

「〈天使〉に憧《あこが》れる少女が、無意識に世界の理に干渉していると！　不謹慎かもしれないが、実に面白い話だ！」

　頬を上気させながらも、湧き上がる興奮をどうにか抑えつけるように両手を忙《せわ》しく擦《こす》り合わせる。

「すまないね、少し取り乱した。近頃は暑すぎてずっと引《ひ》き籠《こ》もっていたから、人との会話にも飢えていてね。いやはや、十年を過ぎてもニッポンの夏にはちっとも慣れないね。私は正直、夏だけはニッポン全土が熱帯に属するのだと常々思っているよ。〈現世〉だと、夏場にゲリラ豪雨とかいう突発的な大雨が降るのだろう？　あれは熱帯のスコールみたいなものだよ。まったく、地球温暖化も困ったものだ。まあ、〈幽世〉には関係のない話なのだけれども……おっと、悪い癖だね、また話が逸《そ》れた。それにしてもさすがはキリコくんだ。格別に面白い話を聞かせてくれるね。こんな話が、コーヒー一杯で聞けてしまうなんて、私は幸せ者だよ」

　いつものようにのべつ幕なしに喋ってから、気持ちを落ち着けるようにアヴィケンナはコーヒーを啜る。

「それで、キリコくんは私に何を聞きに来たんだい？　賢者殿や綺翠嬢、それに祓魔師くんにまで話を聞いているようだが……。怪異の専門家たる彼ら以上のことなど、ただの錬金術師でしかない私は知る由《よし》もないのだけれども」

「いえ、僕が伺いたいのは、怪異的なことではなくもう少し一般的なことです」

空洞淵は姿勢を正す。

「確か錬金術はキリスト教、特にカトリック教会と浅からぬ縁がありましたよね？　だから、もしかしたらアヴィケンナさんは〈天使〉を含めてそのあたりの事情にも詳しいのではと思いまして……」

「なるほど。宗教家とはまた違った視点の意見が聞けることを期待して来たのだね」

アヴィケンナの試すような視線を受けて、空洞淵は神妙に頷《うなず》いた。

しばしの沈黙。それから錬金術師は、二本目の煙草に火を点けて、今度は実に美味《うま》そうに煙を吐く。

「相変わらずきみは鋭いねえ。まさしく、錬金術はカトリックと中々に縁が深い学問だ。神学者にして偉大なる錬金術師たるアルベルトゥス・マグヌスは、錬金術の研究からヒ素を発見しただけに留まらず、カトリックにおける〈聖人〉にまで認定されているほどさ。錬金術がまだオカルトの域を出ていなかった頃には異端審問の対象にもなっていたようだが……化学として発展し始めてからは、むしろ聖書を錬金術の視点から読み解こうとする機運も高まり、関係も融和していったと聞く。まあ、それも錬金術が明確に否定されるまでのささやかな時間だけだがね……。いずれにせよ、錬金術とカトリックが切っても切れない関係であることには違いがない。私もそれなりに、聖書の知識は身につけているつもりだから、何でも聞いてくれたまえ」

非常に頼もしい返答。空洞淵は早速質問を繰り出していく。

「それでは、そもそも〈天使〉とは何かについて教えていただけませんか」

「〈天使〉とは何か、ねえ……それは中々に本質的な質問だ」

アヴィケンナは上機嫌に指の先で煙草を回しながら答える。

「まずは、観念としての話をしようか。天使とは文字どおり天の使いであり、これは神が人間に差し向けた使者であることを示している。天使の役割は至ってシンプルで、神の意志を人間に伝えることだ。他にも人間を守護し、正しい道へ導く役割も持っているし、単純に神の戦力としても期待されていたりする」

「神の意志を反映して動く、忠実な部下というところでしょうか？」

「そうだね。ただし彼らは、神に忠実ではあるがあくまでも自由意志で動いているとされている。神が自らの手足となる都合のいいロボットとして生み出したわけではない、ということだ」

世界が一つの会社だとすれば、神が社長で天使が役員といったところか。天使は神のために世界を運営するが、それはあくまでも自発的な行動であり、神によって操られているわけではない、と。

何とはなしに、天使とは神に絶対的に従順な存在だと考えていたので、自由意志を持っているというのは新たな知識だった。

「守護天使、という言葉も聞いたことがあるのですが、それは普通の天使とは違う存在なんですか？」

「うーん、まあ、一般的な認識では別の存在かな。天使という存在は、聖書に登場する神のメッセンジャーだ。たとえば、受胎告知に登場するガブリエルや、旧約・新約ともに活躍する天使の軍団長ミカエルなどだね。これとは別に守護天使とは、神がすべての人間、特に洗礼を受けた人間に割り当てた個人的な天使だ。その人を正しい道へ導いてくれる存在で、ある種の守護霊のようなものと考えていい。ただし人の自由意志に対しては何事も強制することはないので、それゆえに人は悪にも染まることができると言われている。ちなみにこの守護天使について論じたトマス・アクィナスは、アルベルトゥス・マグヌスの弟子だ」

守護霊と言われれば、空洞淵でも何となく理解できる。

「では、〈天使〉の根源怪異とは、守護天使ではなく、一般的な認識の天使のほうで間違いなさそうですね」

「〈現世〉で発生した感染怪異なのであれば、人々が抱いている天使のイメージ、偶像が強く反映されていると考えるべきだろうね」

落ち着いた口調で答えて、錬金術師はコーヒーに口を付ける。

「では、続けてもう少し踏み込んだ話をしようか。神は全知全能の存在だ。全知全能、つまり何でも知っているし何でもできる。ならばそもそも何故、わざわざ手足として動く天使などという存在を作ったのだろう？　神は自由に世界に干渉できて、人と違って能力の限界もない。だとすれば、天使などという不完全で、かつ自由意志を持った部下など、不要なのではないだろうか？」

「――――」

考えたこともなかったが、言われてみればそのとおりだ。

完全無欠の神は、営業も開発も経理も完璧《かんぺき》で、かつ無限の体力を持ったスーパーワンマン社長のようなものだ。わざわざ自分よりも劣る部下を持つ必要などないように思える。

これはあくまでも私の考えだけどね、と断りを入れてからアヴィケンナは続ける。

「おそらく神は、天使や人間をあえて不完全に作り、そして自由意志を与えることで、人々を試しているのだろう」

「試している？」

「うむ。試練を与えているとも言えるかな。そして不完全な人間を正しい道へ誘《いざな》う道《みち》標《しるべ》として天使が生み出された。ただし、天使は人々を直接導き、救済することはない。何故なら、人類の救済それ自体は神の役割だからだ。天使はあくまで霊的なメッセンジャーに過ぎない」

人々を直接的に救済するのが、神、あるいは神の子であるという理屈は直感的に理解できる。だが、そもそも天使という不完全な存在を生み出して人々を導くことで、何を試しているというのか。

「ここで最も重要になってくるのは、人も天使もそれぞれ自由意志を持っているということだ。彼らは自らの意思で動き、自らの精神活動によって思考し、そして自ら決断を下す。そこには神からの強制は一切ない。天使が持つ神に対する忠誠心も、人が持つ神に対する信仰心も、すべて彼らが自ら考えて獲得したものだ。そして、忠誠心も信仰心も、その本質は――〈愛〉だ。つまり究極的な話、神は人々や天使に、真の〈愛〉を知ってほしいがために、こんな回りくどい方法で試練を与えているのだよ。もし、天使や人が初めから完璧な存在であったとしたら、選択の余地などないだろう？　言ってしまえばそれは神による正しさの強制になってしまう。強制されて獲得した〈愛〉など、真の〈愛〉とは呼べまい。不完全な存在が、自ら選び取ったものだからこそ価値があり尊いのだ。その実践のために、あえて天使や人を不完全に作ったのだと、私はそう考えているよ」

どこか優しげな笑みを湛《たた》えて空洞淵を見つめるアヴィケンナ。

愛――空洞淵には正直まだ完全には理解できていない感情ではあるけれども、世界的に、そして歴史的にその感情がとても大切なものであることは何となく察せられる。

少し冷めてしまったコーヒーに口を付け、アヴィケンナの言葉を頭の中で整理していると、おや、と疑問が湧く。

「人も天使もそれぞれ自由意志を持っている、という理屈は納得できました。ならば、人が自らの意思で悪の道に進むことができるように、天使もまた悪の道に進むことができるということでしょうか？」

「まさしくそのとおりだ。さすがはキリコくん。いいところに気づいたね」

アヴィケンナは八重歯を覗かせ不敵に笑う。

「天使は自由意志を持っている。これは、人と同じように天使もまた自らの意思で悪の道を選べることになる。そして悪の道を選ぶことは〈堕天〉と呼ばれ、堕天した天使は〈堕天使〉、もしくは……〈悪魔〉と呼ばれる」

「……〈悪魔〉」

小声で反芻する。言葉の響きに、必要以上の不安を覚える。

そんな空洞淵の変化には気づかなかった様子で、アヴィケンナは饒舌に続ける。

「カトリックにおいて、すべての悪魔は堕天使、つまり元々は天使として生まれながら、神の意志に背いて堕天した存在であると考えられている。元々は天使だったこともあり、基本的な能力は変わらないが、神の意志を人々に届けるメッセンジャーとしての性質は失われ、代わりに人間を誘惑し堕落させようとするようになる。堕落とはつまり、その人が持っている信仰心を奪ってしまうことだ。信仰とは神との関係そのものだから、これを奪われると人は絶望してしまう。誤解を恐れずに言うならば、人々を拐《かどわ》かし、希望を奪うのが悪魔の力だ」

人々を拐かし、希望を奪う——確かにそれは悪魔の力だ。

「この〈堕天〉というのは、中々に厄介でね。何度も言っているように、彼らは自由意志により堕天を選択しているわけだが……実はこれは全知全能の神にとってはただの予定調和でしかない。つまり、初めから敬虔な天使や人間たちへの試練として、堕天使の存在もまた神の計画に組み込まれているのだ。そして一度堕天した悪魔は、二度と天使には戻れない。自由意志によって悪の道を選んだ天使に、救済は存在しないのだ。つまり堕天とは、絶対的に不可逆な行為といえる。まったく、厳しいものだね」

口をへの字に曲げて、アヴィケンナは肩を竦めた。

「いずれにせよ、天使も悪魔も、本来人間には見ることのできない霊的な存在だ。長い年月を掛けて認知が蓄積した末に、怪異として実体を得たのだとしても、それは本来の天使や悪魔ではなく、あくまでも〈人々の認知上の天使あるいは悪魔〉なので、このあたりは混同しないよう注意が必要だね。似たような機能を与えられただけで本質的には異なるものということかな。まあ、それを言ってしまったら、〈幽世〉に存在する怪異の大半が本質的なものではないのだけれども」

肩を竦めてそう言うと、アヴィケンナはいつの間にか随分と短くなってしまった煙草を灰皿に押し付けて揉み消した。

「ちなみに、キリコくん。これはほとんど言い掛かりに近い妄想を、老婆心《ろうばしん》できみに伝えるだけなんだけれども……。聖桜《せいおう》教会の神父様には、気をつけたほうがいいよ」

「え……？」

急に思いも寄らないことを言われて空洞淵は目を丸くする。

アヴィケンナはカップに残されたコーヒーを一息に飲んでから、芝居掛かったような言い回しで続ける。

「――かつて天界には、最も美しく、最も強大な力を持ち、最も神の信頼を獲得していた偉大な天使がいた。かの天使は全天使の長《おさ》として、辣腕《らつわん》を振るっていたが、その美しさと力に溺《おぼ》れて、神に謀反《むほん》を起こした。自らの意思で堕天したわけだね。しかも、部下であった大勢の天使たちを引き連れて。この悪魔は〈サタン〉という名で知られており、サタンが率いる悪魔たちと神に忠実な天使たちとの争いが聖書の中に描かれているわけだけれども……。堕天するまえ、天使の頃は、別の名前で知られていた」

アヴィケンナは真《ま》っ直《す》ぐに空洞淵を見つめて告げた。

「――ルシフェル。それが偉大なる天使長の名だ」

空洞淵の心臓が、大きく脈打った。

ルシフェル。

ルシフェル・リィンフィールド。聖桜教会の神父にして、〈天使〉の根源怪異。

「偶然の一致だとは思うけどね。だが、彼にはどうにもわからないところがあるから、意識の片隅にでも置いておいてくれたまえ。もしよかったら聖書もあるから興味があるなら貸してあげよう」

考えが纏《まと》まらない。いつの間にか口の中がカラカラに渇いていた。

喉を潤《うるお》すように、空洞淵もカップに残ったコーヒーを一気に呷《あお》った。

いつもよりコーヒーの苦みが強い気がした。


結局空洞淵は聖書を借りて、アヴィケンナの家を後にした。

頭の中は考えたいことで一杯だったが、それはそれとして今日の務めは果たさなければならない。

予定よりも少し長居をしてしまった。空洞淵は、急いで店まで戻る。

森を突っ切ったほうが近道ではあったが、昨夜綺翠に注意されたこともあり、これ以上森の深くへ一人で足を踏み入れることは気が引けた。仕方なく、多少遠回りにはなるが、一度目抜き通りへ出て、改めて伽藍堂へ向かうことに決める。

目抜き通りまで戻ったところで、ふと気になって先日綺翠とルシフェル神父が談笑していた例の小間物屋を覗いてみる。何かを期待していたわけではなかったが……。

「――っ！」

小間物屋の店先に、再び綺翠とルシフェル神父の姿を認めて思わず息を呑《の》む。

まさか、という思いと、やはり、という思いがせめぎ合い、言葉が出てこない。

綺翠は笑顔で神父と見つめ合っている。

頭の中がまたぐちゃぐちゃになって、空洞淵は逃げるようにその場を走り去る。

明け方よりもぐっと気温の上がった道を走るとさすがに汗ばんでくる。いくら一時的に雪が降ろうが、今は夏で日差しが強いことに変わりはない。

額に玉の汗を浮かべながらどうにか店まで戻ると、すでに数名の患者が待っている状態であった。お茶を飲みながら楜《くるみ》と楽しそうに言葉を交わす患者たちに詫《わ》びを入れてから、空洞淵は余計な思考を頭の隅へと追いやって、ほとんど機械的に通常の業務に入った。

第四章

失踪

I

翌日は、何とも不快な目覚めであった。
早朝から蒸し暑い室内。全身がべったりとした脂汗《あぶらあせ》で湿っている。
覚醒《かくせい》とともに忘却してしまったが、何だか嫌な夢を見た気がする。
昨日のアヴィケンナとの会話が尾を引いているのか。
それとも——その後に再び目撃した、綺翠《きすい》と神父の逢瀬《おうせ》のためか。
「悪魔、か……」
薄暗い中、一人呟《つぶや》く。
人から信仰と希望を奪い、堕落させる忌《い》むべき存在。
天使と悪魔。善と悪。真と偽。
表裏一体の背中合わせ。

そして、かつて神に謀反《むほん》を起こし、堕天した至高の天使と同じ名を持つ神父――。もしも、彼が本当は天使ではなく悪魔であり、綺翠を堕落させようと目論《もくろ》んでいるのだとしたら……空洞淵《うろぶち》はどうすればよいのか。

悪魔に唆《そそのか》されたのだとしても、自由意志でそれを選び取った綺翠の決断を尊重すべきなのだろうか。それとも――。

答えの出ない堂々巡り。仮定に仮定を重ねているだけなのだから、答えなど出なくて当たり前だ。

どうも最近調子が悪い。ため息を吐《つ》きながら身体《からだ》を拭《ふ》き、夏着物に着替える。夢見が悪かったためか少し頭痛もした。

水場で顔を洗い、少しだけすっきりして居間に顔を出す。すでに綺翠は卓袱台《ちゃぶだい》に着いており、お茶を啜《すす》っていた。

「おはよう、空洞淵くん」

涼しげな顔でいつもどおりに挨拶《あいさつ》をしてくれる綺翠。複雑な気持ちを抱きながらも、なるべく普段どおりにおはよう、と応じて空洞淵も卓袱台に着く。

普段ならば、朝は軽い挨拶だけで会話らしい会話がなくとも、居心地の悪さを覚えることはないのだが……昨日と同じく今朝も妙に落ち着かない。

それは綺翠も同様のようで、明らかにいつもよりも気を遣って空洞淵の様子を窺《うかが》っていた。

いつまでもこのままではいけないと思う。天《そら》の件にも意識を集中できないし、何よりこれ以上口を噤《つぐ》んでいると、綺翠を欺《あざむ》いているような気持ちになり、彼女に対して申し訳が立たなくなる。

朝食まではまだ時間がありそうだ。空洞淵は意を決して心の裡《うち》を吐露する。

「綺翠、大切な話があるんだ」

「——はい」

すぐに何かを察したように、居住まいを正す綺翠。

空洞淵も背筋を伸ばすが、何と切り出せばよいのか迷ってしまう。だが、腹芸などできないので、結局真《ま》っ直《す》ぐに伝えることにした。

「実はこのまえ……街でたまたま見掛けてしまったんだ」

「何を、見たの？」

「綺翠が……ルシフェル神父と一緒にいたところを」

それを告げた瞬間、綺翠の表情が強《こわ》ばったように見えた。彼女が纏《まと》う空気も、心なしか張り詰めたように感じられる。

そう……、と小さく呟いてから、綺翠は能面のような無表情を空洞淵へ向けた。

「見られてしまったのならば、もう隠しても仕方がないわね」

感情の籠《こ》もらない冷たい声でそう言うと、巫女《みこ》装束の懐中に手を差し込む。

まさか絶縁状でも取り出してくるのかと、背中に氷柱《つらら》でも差し込まれたように身構えたまさにそのとき——。

「——天がいなくなった！」

あまりにも唐突に、汗だくの大男が居間へ飛び込んできた。少し遅れて、「朱雀院《すざくいん》さん、落ち着いて！」と、手ぬぐいと湯飲みを持った穂澄《ほずみ》がやって来る。

汗だくの男——朱雀院は、湯飲みに満たされていた水で喉《のど》を潤《うるお》し、手ぬぐいを顔に当てながら呼吸を整える。

「……朝っぱらから騒いですまない。ただ、ちょっと暢気《のんき》にもしていられない状況でな」

「天さんがいなくなったってどういうこと？」

綺翠との話を中断し、空洞淵は朱雀院に尋ねる。悠長に構えていられる話題ではない。

「朝起きたら、孤児院から天がいなくなってたんだ。玄関の鍵《かぎ》も開いてて……夜のうちに誰かに連れ去られたみたいで……」

「誘拐、ということ？」綺翠は深刻な顔で尋ねた。「何らかの理由で、自発的に出て行った可能性はないの？」

「……靴が残されてたんだよ」苦しげに答える朱雀院。「裸足《はだし》で外へ出たとも思えねえ。状況的に見れば、連れ去られたと考えるのが自然だ」

確かに、五歳の女の子が家人に何も言わず、夜中に裸足のまま一人で家を出るという状況はあまりに不自然だ。

「でも、戸締まりはしていたわけだろう？」空洞淵は質問する。

「ああ。ウチは子どもばかりだからな。夜の戸締まりは徹底してたはずなんだが……」

状況はよくわからなかったが、とにかく何らかの方法で鍵を開けられて、天が連れ去られたというのは間違いなさそうだ。

「今は、孤児院のみんなで天の行方を捜してるところだ」

「じゃあ、僕らも捜索に加わろう」空洞淵は立ち上がる。「こういうのは初動が大事だ。時間が経《た》てば経つほど、情報が減っていく」

まだ朝食も食べていなかったが、空洞淵と綺翠、そして穂澄も朱雀院に連れられて神社を出た。

空洞淵の案で、捜索範囲を分ける。綺翠と朱雀院は教会が建つ近辺の森の中を、そして空洞淵と穂澄は街中を探すことにした。

目抜き通りに出たところで、穂澄とも別れて天を探し回る。

天気は快晴。昨日の雪の影響などほとんど感じさせないほど蒸し暑く、あまり長く外で捜索を続けると熱中症になりそうだ。なるべく早く天を見つけたいところだったが……正直結果はあまり芳《かんば》しくない。

天が一人で出歩く可能性が低い以上、誰かに『家』から連れ出されたのは間違いない。時間帯的にも、五歳くらいの小さな女の子を連れて歩けばある程度目立つはずだったが……。ただでさえ人が少ない早朝の上、道行く人に話を聞いて回っても誰も天の姿を見掛けた人はいなかった。

もしかしたら、街道を使わず森から極楽街を抜けたのかもしれない。その場合は街での聞き込みがただの無駄骨になってしまうが……だからといって、天を見掛けた人が絶対にいないとは言い切れない以上、早々に見切りを付けることもできない。

あるいは、すでに綺翠たちが森のほうで天を保護している可能性もある。向こうの状況もできれば逐一知りたかったが……通信機器が存在しない〈幽世《かくりよ》〉ではそれも叶《かな》わない。何だかんだとこちらの生活にも慣れてしまった空洞淵ではあるが、やはり情報の伝達が〈現世《うつしよ》〉と比べて格段に遅いことには、もどかしさを感じてしまう。

一刻ほど汗だくになりながら街中を探し回ったところで、偶然穂澄と合流した。お互いの状況を確認するが、やはりめぼしい情報は得られていなかった。

穂澄もさすがに疲れている様子だったため、休憩も兼ねて一度教会へ向かうことにする。何か状況に変化があるかもしれない。

ほとんどずっと走り続けていたので、すっかり息も上がっている。朝からの体調不良に加えて、朝食も食べていないのだから疲れて当然だ。ゆっくりと歩いて呼吸を整えながら、持参した水筒で二人は喉を潤す。

「……天ちゃん、心配だね」

穂澄がぽつりと言った。面識はないはずだったが、彼女の安否を我が事のように心配している。優しい子だ、と思う反面、その共感性の高さは少し不安になってしまうが……今はその優しさがとてもありがたい。

早くもセミが鳴き始めている。気温はこのまま上がり続けるだろう。天もまた、この暑さの中を連れ出されているのだとしたら、熱中症にならないか心配になってしまう。

懸念《けねん》は山積み。しかし、問題を解決する糸口すら見つからないのはもどかしく、気持ちばかりが焦《あせ》ってしまう。

無力感を覚えながら歩みを進め、ようやく教会に辿《たど》り着く。

〈福音の家〉に顔を出してみると、子どもたちをリビングに集めたヱリカが何やら深刻な顔をして待ち構えていた。

「空洞淵先生……！」

不安げな面持ちで、潤《うる》んだ瞳《ひとみ》を向けてくるヱリカ。すぐにまた何かよからぬことが起こったのだと察し、空洞淵は彼女の元へ駆け寄る。

「何かあったのですか？」

「その、実は……」子どもたちに余計な心配を掛けないようヱリカは声を落とす。

「ソラの捜索に出たお兄様が戻って来ないのです」

「戻って来ない？　どういうことですか？」

「ソラがいなくなっていることがわかってすぐ、子どもたちも含めて皆で教会の周囲を簡単に探して回ったのですが、ソラの姿は見当たりませんでした。本当はもっと捜索範囲を広げたかったのですが、さすがに子どもたちをこれ以上『家』から離れた捜索には巻き込めませんので、わたくしが子どもたちを見ている間、お兄様が一人で教会の外へソラを探しに出ることになったのです。ただこの暑さですから、二時間ほどしたらわたくしと捜索を交代するために戻ってくることになっていたのですが……」

修道服のポケットから古めかしい懐中時計を取り出して、エリカは眉尻《まゆじり》を下げた。交代の時間になっても戻って来ない兄の身に何か起こったのではないかと心配で堪《たま》らないのだろう。

だが、それと同時に空洞淵は別の可能性について考えていた。

もしもルシフェルが〈堕天〉して悪の道に染まった結果、天を連れ去ったのだとしたら……。

天は無意識にせよ、因果律に干渉することができる。彼女はまだ子どもで、世界を知らない。だからせいぜい気まぐれで、夏に雪を降らせることくらいが関の山だが……その能力を悪に染まった大人が利用したらどうなるのか。

きっと、この世界を滅ぼすことさえ――不可能ではない。

あくまでもそれは最悪の可能性でしかなかったが、ただの妄想と割り切るには状況証拠が揃《そろ》いすぎている。

残された時間は多くないかもしれない。とにかく一刻も早く天とルシフェルを探し出す必要があった。

子どもたちの世話を穂澄に託し、空洞淵とヱリカは『家』を飛び出した。

2

「……神父様は具体的にどの辺りの捜索に向かわれたんですか？」

「教会の周りをもっと入念に調べてみるとは言っていましたが……」

自信がなさそうにヱリカは視線を逸《そ》らす。突然の天の失踪《しっそう》で動転していて詳しいことはよく覚えていないのか。

——あるいは、兄の〈堕天〉の可能性に思い至っているのか。

とにかくこの辺りの地理に詳しくない空洞淵は、ヱリカに案内されながら周囲の捜索を始める。

森のもっと深いところは、今頃綺翠たちが捜索を始めているだろうから、あくまでも空洞淵は教会周辺の捜索に集中するが、少し教会から離れたところから草木がより濃く生い茂っているため、迂闊《うかつ》に森に入り込んでしまったらすぐに方向感覚を失って遭難しそうだ。

気持ちばかりが焦ってしまうが、せめてヱリカにはそれを悟られないよう、冷静を装《よそお》って話しかける。

「――最近の神父様の様子で、何か変わったことはありませんでしたか？」

率直な疑問に、ヱリカは、え？　と警戒するような声を上げた。

空洞淵は慎重に言葉を選びながら続ける。

「あくまでも可能性の一つとして聞いてほしいのですが、神父様が天さんを連れ去った恐れがあります」

「……っ！　そんな、どうして……！」

驚いたように、あるいは何かを恐れるように顔を引きつらせるヱリカ。図星を突かれて狼狽《うろた》えているのか。暗に彼女を非難するようで申し訳ないと思いながらも、時間もないので手短に語っていく。

「〈福音の家〉では、夜は戸締まりを徹底していると朱雀院さんが言っていました。にもかかわらず、施錠《せじょう》は解かれて天さんは連れ去られてしまいました。この状況で考えられる可能性は二つ。一つは何らかの理由で犯人が『家』の鍵を持っていた場合。そしてもう一つが――そもそも犯人が内部の人間であった場合です」

ヱリカは小さく息を呑《の》んだ。

「後者の場合、子どもたちを容疑者から除くのであれば、犯人たり得る人物はもはや三人しかいません。朱雀院さん、シスター・ヱリカ、そしてルシフェル神父です。このうち、神父様だけが現在行方《ゆくえ》知れずというのは……果たして偶然なのでしょうか」

ヱリカは何も答えない。ただ元から白い顔をさらに青白くして黙りこくっている。

兄が犯人である可能性を恐れているだけなのか、それとも〈堕天〉の可能性まで考慮した上でショックを受けているのか……。

「とにかく、ルシフェル神父を見つけ出して、話を聞いてみないことには何も始まりません。彼の行きそうな場所に心当たりはありませんか？」

「……申し訳ありません。さすがにそこまでは……」

苦しげに答えるヱリカ。嘘《うそ》を吐いているようには見えない。これまでの様子から、彼女がこの上なく誠実であり、隠し事をすることに慣れていないのはよくわかっている。だから、きっと本当に心当たりはないのだろう。

ならば今ここで話していても、これ以上得られるものはない。

いずれにせよ、ルシフェルを探すという目的自体に変わりはないが、その意味合いや重要性は大きく変化したように感じられた。

それから効率化のために一旦《いったん》ヱリカと別れ、一人で教会の周辺をがむしゃらに探し回っていたところで、戻ってきた綺翠と合流する。

「空洞淵くん。天さんの手掛かりは何か見つかった？」

「いや……残念ながらまだ」

そう答えながらも、空洞淵の心はまた綺翠と神父の関係に引き摺《ず》られていく。

「……綺翠のほうはどう？　ルシフェル神父を見掛けなかったかい？」

「猊下《げいか》を？　いいえ、見ていないけれども……猊下もいなくなってしまったの？」

綺翠は不思議そうな顔で空洞淵を見た。何かを隠しているようには見えないし、疚《やま》しいことがある様子でもない。実際に見掛けていないのは確かなようであるし、急に神父の名前を聞かされても一切の動揺がない。

御巫綺翠という人物は、この上なく真面目で誠実で真摯《しんし》な性格をしている。だから交際をしている空洞淵に内緒で、他の誰かと親密な関係になっているのだとしたら、ここまで堂々とはしていられないはずだ。

ならば……しかし……。

考えがまとまらない。いつもならば清流のように絶え間なく巡る思考も、綺翠のことを想うだけで干上がったように停滞してしまう。

「……ごめん、綺翠。今、悠長に話をしている場合じゃないことは重々承知してるんだけど……どうしても聞いてもらいたいことがあるんだ」

ほとんど衝動的に、空洞淵は口を開いていた。

いつもと違う空洞淵の様子から、すぐにただ事ではないと悟ったように綺翠は姿勢を正し、

「——はい」

と感情の籠もらない声を返す。

些《いささ》か気圧《けお》されながらも、空洞淵はルシフェルに関する疑惑について伝える。

現状、彼が天を連れ去った可能性が高いこと、〈堕天〉によって悪の道に堕《お》ちているかもしれないこと、そして〈悪魔〉には人の信仰心を奪う力があること——。

思考がぐちゃぐちゃになり、話しているうちに天のことから自分の悩みへと話がずれていく。

「——だから、もしルシフェル神父が堕天して悪魔になっているのなら、彼に近づいていた綺翠も信仰心を奪われてしまったんじゃないかと思って……」

それで彼に好意を持って、あんなに楽しそうに笑いかけて——、という心の底に澱《おり》のように溜《た》まった醜い本音は飲み込む。

今がそんなことを言っている状況ではないことは明らかであるし、あまりにも一方

的で綺翠にも失礼だ。

だが、それでも今話しておかなければならないのもまた一つの事実だった。

もしも綺翠が本当に信仰心を奪われ、ルシフェルに心酔しているのだとしたら、彼を見つけた際に綺翠と敵対することになってしまう恐れがあったからだ。

今この段階で、どうしても確認しておかなければならない。

綺翠は要領を得ない空洞淵の説明を辛抱強く聞いてから、すべてを悟ったように、ああ、とどこか安堵《あんど》したようなため息を零《こぼ》した。

それから能面のように無表情だった顔を、ようやく和らげる。

「……空洞淵くんは私のことをずっと心配してくれていたのね。今日まで気づかなくて本当にごめんなさい」

心配——確かに心配していた。それは間違いない。

だが、本当にそれだけなのだろうか。あるいは、ただ単純にルシフェルに嫉妬《しっと》していただけ、という可能性も拭《ぬぐ》い去れないのではないか。

自分の感情がわからず俯《うつむ》く空洞淵。それでも綺翠は、そんな空洞淵の頬に手を伸ばして優しく顔を上げさせる。

「まずは一つ。私は〈破鬼の巫女〉として、ウチの祭神だけでなく、〈幽世〉という世界そのものから保護されているから、その手の誘惑や呪いは基本的に一切効かないの。だから、安心してね」

「……そう、なの？」

初めて聞く話だったので目を丸くしてしまうが、頬に手を添えられたまま優しく微笑《ほほえ》み掛けられると、それだけで心の蟠《わだかま》りが解《ほど》けて蕩《と》かされていく。

「そして二つめ。たとえルシフェル神父が悪魔であったとしても、私の信仰心を奪うことはできないわ。理由は簡単で、彼らの神と私の神が全く異なるものだから。つまり、異教徒である私の信仰心を奪ってしまったら、それは悪魔が神を助けることになってしまうの」

「あ……」

あまりにも単純な理屈。何故《なぜ》こんな簡単なことに気づかなかったのかと、空洞淵は間の抜けた声を上げてしまう。

彼らの神は、全人類の救済を掲げており、そのためには全人類が自身を唯一神《ゆいいっしん》として敬う必要があると説いている。

八百万《やおよろず》の神を信仰対象とする神道《しんとう》とは、相反する理念だ。そして彼らの神は、他宗教の信者が、自身を敬う宗教へ改宗することを望んでいる。

つまり多神教の巫女である綺翠の信仰心を奪うということは、婉曲的《えんきょく》であれ改宗の手助けをしてしまっていることに他ならない。ある意味、利敵行為とさえ言っていい。すなわち、自らの神に反旗を翻《ひるがえ》すことで〈堕天〉した悪魔は、原理的にどうあっても異教徒の信仰心は奪えないのだ。

だから、綺翠がルシフェルによって唆《そそのか》されて彼に心酔している可能性はあり得ないことになる。だが、そう考えると一つ疑問が残る。

「でも……それならどうして……？」

ルシフェルに唆されていないのだとしたら、あの空洞淵にもほとんど見せたことがないほどの微笑みは一体何だったのか。

ますます混乱する空洞淵だったが、綺翠ははにかみを浮かべて続ける。

「昨日と一昨日、猊下に会ったのは本当にたまたまなの。私が小間物屋さんの前で悩んでいたら、偶然通り掛かって……。それで、私の知り合いで信頼できる年上の男の人は空洞淵くんを除いたら猊下くらいしか思い浮かばなくて……。相談させてもらったの」

「……相談？　いったい何を――」

そこで綺翠は、巫女装束の懐中に手を差し込んだ。絶縁状が取り出される恐怖に再び見舞われるが、彼女が取り出したものは紙の類《たぐい》ではなく、一本の扇子だった。

そのまま扇子を差し出してくる綺翠。訳もわからず、空洞淵はそれを受け取る。

「開いてみて」

穏やかな声。言われるままに、扇子を広げる。

図柄は、墨で描かれた龍《りゅう》であった。霧の中に隠れるような、あるいは霧そのものと同化しているような、迫力のある龍の姿。

「おそらくあなたは忙しくて気づいていないでしょうけれども……。今日はあなたと私が出会って、ちょうど一年経った日よ」

「あ……っ！」

言われてようやく思い出す。何となく一年ぐらい経っていると思っていたが、今日が正確に一周年だったのか。

「だからそれは、私からあなたへの贈りもの。一年まえ、私と出会ってくれて本当にありがとう」

小首を傾《かし》げて微笑む綺翠。

混乱してほとんど思考停止してしまう空洞淵だったが、それでも、こちらこそありがとう、とかろうじて返す。

「……じゃあ、まさか僕への贈りものを選んでいるときに、ルシフェル神父がやって来たの？」

「そう。私、男の人にちゃんと贈りものするのって初めてだったし……何より年上の男の人が何をもらったら喜んでくれるのかもよくわからなくて……」

当時のことを思い出しているのか、綺翠は照れたようにはにかむ。

「でもたまたま会った猊下に相談したら、心を込めて選んだものならば何であれ喜んでくれるって助言してくれたの。それで必死に選んで決めたのが、この扇子」

綺翠の声はどこまでも優しく、そして慈愛に満ちている。

「龍はウチの祭神だし、それにここに描かれている龍は、少し霧掛かっているでしょう？　何だかすごく空洞淵くんっぽいなと思って」

空洞淵の名前は霧瑚《きりこ》なので、霧掛かった龍は、確かに空洞淵を象徴していると言えなくもない。

「……それで、空洞淵くんっぽい龍を見ていたら、なんだか、その……空洞淵くんが、お婿《むこ》に来てくれたような気がして……自然と頬が緩んでしまったの」

そう言って綺翠は、あのときと同じ、眩《まばゆ》いばかりの笑顔を浮かべた。

それを見た瞬間、空洞淵の中で燻《くすぶ》っていた正体不明の感情が、一瞬でどこかへ消え去っていった。

あのときの笑顔は、ルシフェル神父に向けられたものではなく……綺翠の中の空洞淵に向けられたものだった。

「でも、結局あの日は決めきれなくて。一旦帰ってもう一度ちゃんと考えてみることにしたのだけど……。やっぱりその扇子を空洞淵くんが持っている姿が見たかったから、意を決して昨日改めて買いに行ったの。そうしたら、また偶然神父様と出会ったから……簡単にお礼を言っておいたわ。背中を押してくれてありがとう、って」

蓋《ふた》を開けてみれば、すべては空洞淵のことを思ってのものだった。

それなのに空洞淵は、勝手に早とちりをして、あまつさえその感情を今日まで引《ひ》き摺《ず》って体調すら崩していた。

何という――道化か。

「……ありがとう、綺翠。一生大切にするよ。それと……疑ってごめん」

「疑った？　何を？」

「その……僕じゃなくて、ルシフェル神父のことが好きなのかなって……」

そう伝えると、綺翠は子どものように頰を膨らませた。

「それは……酷《ひど》いわ。私が空洞淵くん以外の人を、好きになるはずないじゃない」

「……そうだね。ごめんなさい」

素直に謝ると、すぐに綺翠は表情を緩ませる。

「まあ、いいわ。だって、空洞淵くんは私のことが好きだから、色々心配になってしまったということでしょう？　なら、その深い愛情を受け止めるのも、私の務めだわ」

「…………」

勢いに押される空洞淵。綺翠は、不意に悪戯《いたずら》っぽい笑みを浮かべた。

「それじゃあ、この件が落ち着いたら二人でお出掛けでもしましょうか。そこで私に贈りものをしてくれない？　二人が出会って一年経った記念に、何でもいいから心を込めて選んでほしいの。ねえ、いいでしょう？」

「……わかりました。誠心誠意、悩み抜いて選ばせていただきます」

やはり綺翠には敵《かな》わない――。空洞淵ももう、苦笑を返すばかりだ。

心はすっかり晴れた。

だが、それと同時にまた新たな疑問が生まれる。

綺翠がルシフェルに唆されていたわけではないのだとしたら、彼が〈堕天〉した状況証拠が一つ減ってしまう。

ならば、彼は今どこで何をしているのか……。

ようやく思考のすべてを天の件に割けるようになり、高速で考えを巡らせようとしたまさにそのとき、朱雀院も戻ってきた。

3

「おい、空洞の字！　どういう状況だ！」

開口一番に切羽詰まった様子で尋ねてくる朱雀院に、先ほど同様軽く現状を説明する。朱雀院は、眉を顰《ひそ》めながらも複雑そうな顔で口を曲げた。

「……確かに状況的に見れば猊下が怪しいけどよ。でも、猊下には天を連れ去る理由なんかねえだろうに」

「それは誰であっても条件は同じだよ」空洞淵は努めて冷静に返す。「それとも逆に、天さんを連れ去る理由のある人でもいるのかい？」

「そりゃあ……いねえけどよ」

「でも、現実に天さんは連れ去られてしまった。なら動機の有無は二の次にして、まずは一刻も早く天さんと神父様を見つけないと。何があったのかはわからないけど、話を聞いてみないことには何も始まらないよ」

「……そうだな。悪い、感情的になった」

多少頭が冷えたのか、詫《わ》びを入れる朱雀院。そこですかさず綺翠が割って入る。

「でも、森の中はかなり集中的に探したけど、足跡一つ見つからなかったわ。気配もない。犯人が何者であれ、五歳の女の子と同行しているなら、気配を完全に消すことなんて不可能なはずなのに。だからたぶん、森の中には逃げていないと思うの」

〈幽世〉の守護者たる〈破鬼の巫女〉がそう断言するのならば、それは事実と見なしていいだろう。

「でも、街道を行った様子もないんだ。かなりの人に聞いて回ったけど、誰も何も見てないって。まだ小さな子だから、籠《かご》のようなものに隠して運び出した可能性も考えて探してみたけど、そもそも大きな荷物を持って街道を歩いていた人もいないみたいだ」

「森でもなけりゃ、街道でもないってのは、どういうことだ？　俺らが思ってるより、もっとずっと早くに極楽街から離れちまったってことか？」

確かに、綺翠が気配を辿れないほど連れ去りから時間が経過していた、もしくは、まだ人が出歩いていない深夜のうちに街道を利用して去って行った、としても現状には一致する。

だが、空洞淵はもう一つの可能性のほうが気掛かりだった。

「――あるいは、まだこの近くにいるのかもしれない」

綺翠と朱雀院は、緊張したように息を呑んだ。

「……どこかに潜んでいるということかしら？」

声を落とす綺翠。空洞淵は頷《うなず》いた。

「あくまでも可能性だけどね。だけど、むしろこちらのほうが厄介だと思う」

「どういうことだ？」

「連れ去って街から離れるということは、ここでは実現不可能な何かを為《な》すために、それが可能な場所へ移動していると考えられる。つまり、目的が果たされるまでは天さんの身の安全が保証されていることになる。でも、この近くに潜伏しているのだとしたら……」

「……今すぐにでも目的が果たされて、その子の身が危険に晒《さら》される恐れがあるわけね」

深刻な顔で呟く綺翠。状況としては一刻の猶予《ゆうよ》もないと言える。

「ねえ、朱雀さん」言葉を失っている祓魔師《ふつまし》の男に空洞淵は問い掛ける。「この辺りに、ひとけのない隠れ家みたいな場所はないかな」

「そんなこと、急に言われても……」

苦しげな顔で言い淀《よど》む朱雀院。

そのとき、不意に背後から声を掛けられた。

「あの……先生」

幼い少女の声。驚いて振り返ると、そこには孤児院で暮らす少女――なえが不安げな面持ちで立っていた。空洞淵は慌《あわ》てて駆け寄る。

「どうしたの、なえさん」

「ごめんなさい。お手洗いに行くって言って、こっそり抜け出してきたの」

なえは切羽詰まった様子で空洞淵たちを見回した。

「天ちゃんを探し回ったとき、一箇所だけ探し忘れたところがあったから気になっちゃって……」

「探し忘れた？」興味を引かれたように朱雀院が屈《かが》み込む。「でも、みんなで『家』や教会の中は虱潰《しらみつぶ》しに探したんだろ？」

「……うん。でも、あそこはたぶん、あたししか知らないと思ったから……」

どうやら何か事情があるようだ。空洞淵たちは一度顔を見合わせて頷き合う。

「なえさん。もしよかったら、僕らをそこへ案内してくれないかな」

優しく語りかけると、なえは嬉《うれ》しそうに頷いて、こっちだよ！　と駆け出した。三人は小走りで小さな背中を追う。

なえは、〈福音の家〉の建物に沿って進み、そのまま教会の中へ入っていく。見失わないよう空洞淵たちもすぐに教会の扉を潜《くぐ》る。なえは祭壇の前で立ち止まっていた。

空洞淵は深緋《こきひ》の絨毯《じゅうたん》を踏みしめて祭壇に近づいていく。真夏の室内にもかかわらず、聖堂は妙にひんやりとしていた。首筋のあたりがぴりぴりする。直感的に、何かよからぬことが起きそうな気がした。

「……空洞淵くん。私の後ろへ」

空洞淵にだけ聞こえる小声で綺翠が囁《ささや》く。言われるまま、指示に従う。

祭壇の前に立ったなえが、ちらと振り返った。

「まえに教会のお掃除をしていたとき、たまたま見つけちゃったんだけどね」

言いながら祭壇を両手で押していく。そんなことをしたら祭壇が倒れてしまう――。

なえが怪我をしたらいけないと思い手を伸ばすが、力一杯押されても祭壇は傾く様子すら見せず、そのままずるずると後退していった。床に固定されているのか、と気づいたとき、祭壇が元々あった場所には穴のようなものが広がっていた。

ようやくなえの意図に気づき、空洞淵は急いでなえに手を貸すように祭壇を押し始める。すると一気に床の穴は広がり、やがて祭壇はそれ以上動かなくなった。

穴の先には——地下へ向かう石段が続いていた。

「こんなもんが、聖堂にあったのか……！」

瞠目《どうもく》して床にぽっかりと空いた穴を見つめる朱雀院。彼でも知らないということは、やはりまだこの先は捜索されていない可能性が高い。

先日、なえが語っていた天と神父が二人で聖堂に入っていくのを見掛けたが中にはいなかった、という話を思い出し、もしかしたらそのときも二人は地下に行っていたのではないかと気づく。

「案内をしてくれてありがとう。でも、危ないからなえさんは、穂澄のところへ戻って」

「……うん。先生、サクラちゃん、巫女様。天ちゃんのこと、助けてあげてね！」

大人しくなえは去る。空洞淵たちは聖堂に用意してあった燭台《しょくだい》に火を灯《とも》し、慎重に階段を降りていく。

地下に入った途端、全身に冷たい湿気が纏わり付く。何とも気味が悪く、いっそ寒いくらいですらある。狭い階段なので先頭が朱雀院、次が綺翠、殿《しんがり》が空洞淵と一列になって進む。

辿り着いた先は、地下室というよりも洞窟《どうくつ》のような場所だった。岩盤を削り出したような無機質な床と壁。岩肌が剝《む》き出しになった低い天井からは、ところどころ水が滴《したた》っている。地下水が侵蝕《しんしょく》しているのかもしれない。

トンネルのように細長い不気味な空間。燭台の明かりだけで進むには些か心許《こころもと》ないと思ったとき、先のほうに薄ぼんやりとした明かりが灯っていることに気づく。

何かが、いる。

警戒心を高めながら、ゆっくりとそちらへ向かって歩いて行くと――。

「――天!」

先頭の朱雀院が何かに気づき、光へ向かって駆け出す。空洞淵たちもすぐにそのあとを追う。

明らかに人為的に置かれたであろう無骨な石造りの祭壇の上に――天は横たえられていた。一瞬死んでいるのかと焦るが、両手を組み合わせるように置かれた胸は小さく上下している。どうやら眠っているらしい。見たところ怪我をしている様子もなかったので、ひとまず無事なようだ。

安堵するとともに、そもそもどうしてこんなところに、という疑問が湧《わ》き起こる。

祭壇の周囲には、天を囲むように円形に蠟燭《ろうそく》が並べて立てられ、今もゆらゆらと炎が揺らめいている。如何《いか》にも怪しげな儀式の途中のようで薄気味悪い。

とにかく早く天を地上へ連れ帰らなければならない。朱雀院が足下の邪魔な蠟燭を数本蹴《け》り倒して祭壇に近づこうとしたとき――。

「――来てしまいましたか」

祭壇のさらに奥。光も届かない闇《やみ》の中から、少年のような澄んだ声が響いた。

やはりそうなのか――という、残念な思いとともに、空洞淵は綺翠の後ろに一歩下がって身構える。

地面に立ち並ぶ蠟燭が、ぼんやりと闇の中に立つ人影を照らし出していく。

暗闇に溶ける漆黒のキャソックを揺らしながら、神父ルシフェル・リィンフィールドはゆっくりと姿を現した。

「猊下……どうして……！」

苦悶《くもん》に満ちた声で問う朱雀院。

「再び〈神〉の許しを得るためには、これしかなかったのです」

どこか後悔すら滲《にじ》ませながら、ルシフェルは答えた。だが、空洞淵には彼の言っていることがよくわからなかった。

暗闇に浮かぶルシフェルの白い貌《かお》は、無表情で何を考えているか読めない。

「天さんを、どうするつもりだったのですか？」空洞淵は尋ねた。

「――ソラの天使の力を奪い、私は天使に戻ります」

天使の力を奪う。

天の異能は金糸雀《カナリヤ》に由来するものではあるが、彼女が持つ天使への憧《あこが》れは、間違いなく本質的にカトリックの思想に基づくものだ。

ならば……彼女の異能と信仰心を結びつけて、その力を奪うこともできる、ということなのだろうか。

だが、天使に戻るとは、どういうことなのか。

混乱する空洞淵。おそらく朱雀院や綺翠も同様だろう。

ルシフェルは、そんな空洞淵たちに語り聞かせるように、昏《くら》い笑みを浮かべて言った。

「私は……〈堕天〉しています」

重い告白。やはり、という思いと、どうして、という思いが同時に湧く。

エリカとともに、〈天使〉として人々を導いてきたのではなかったのか。

ますますわけがわからなくなるが、続けてルシフェルは誰もが抱いていた疑問にあっさり答える。

「しかし……自らの意思で〈堕天〉したわけではないのです。言ってしまえば私は……〈堕天させられた天使〉の根源怪異なのです」

それから、ちょっとした昔話です、とルシフェルは語り始めた。

4

「——私とシスター・エリカは、ごく普通の家庭に生まれました。生家は、寂れた農村の、貧しい農家でした。そこは山奥の閉ざされた村で、外部との接触もほとんどありませんでした。冬ともなれば雪に覆われ、いよいよ春まで外界との交流は断絶します。そのため必然的に情報は極端に制限され、神へ祈りを捧《ささ》げることが何より大切なことであると、子どもの頃から厳しく躾《しつ》けられてきました。まあ、ありていに言ってしまえば……あの頃はどこにでもあった、貧しくて、それでいて信仰の篤《あつ》い村です」

少年のようなルシフェルの清らかな声が、暗い洞窟の中に響く。

「ただ……私たちの身体は少し特別だった。両親は私たちが産まれたとき、悪魔の子を産んでしまったと思ったそうですが、教会で洗礼を受けた際、神父様にこの子は天使であると伝えられると、そのように育て始めました。やがて私たちが天使であるという噂《うわさ》は村中に広まり、多くの村人が私たちの元へ救いを求めて訪れました。戦争が続き、たくさんの人が飢えや病に苦しんでいた時代でしたから……何かに縋《すが》りたくなる気持ちはとてもよくわかります。天使と言われても、私たちはただの人間ですから……救いを求める彼らに何も与えることはできませんでしたが……それでも皆、少し言葉を交わしただけでも満ち足りた顔をして帰っていきました」

過去を懐《なつ》かしむように目を細めてから、ルシフェルはすぐに真顔に戻る。

「いつしか村中の人から慕われ、特別な尊崇さえ抱かれ始めたあるとき……。唐突に気づいてしまったのです。自分が一定の年齢から一切歳《とし》を取っていないことに。私たちは、人々の願いを受けて、本当に〈天使〉になってしまったのです」

ようやくそこで空洞淵は、ルシフェルの抱える特殊な事情を理解した。

本来、〈現世〉で怪異が発生するためには、何百年という長い歳月で蓄積する何千、何万という多くの人々の認知が必要になるはずだが……ルシフェルとエリカは、僅《わず》か数年という短い時間でそれだけ強固な認知を集めてしまったのだ。

閉ざされた狭い村だからこそ、住人の認知の上では、村と世界はほとんど同義だったはずだ。

それゆえに現実的にあり得ないとされた〈現世〉での感染怪異が、奇跡のように結実した――。

「それ自体は防ぎようのないことでしたし、むしろその程度のことで人々に救いを与えられるのであれば安いものであるとさえ考えていました。……ところが、人の願いはそれに留まらなかった。たとえ〈天使〉になったところで、我々にできることは人々の声を聞くことだけでした。当然それだけでは解決しない問題も多くあります。日照りが続けば不作になりますし、予期せぬ戦も病も日常茶飯事でした。我々にはそれを止める力などない。するとやがて人々は、どうにもならない不幸さえ、我々に押しつけるようになりました。〈天使〉なのに、これだけ崇めているのに、何故救ってくれないのかと」

身勝手な人々の理不尽な主張。もちろん多くの人は善良な精神を持ち、ルシフェルたちを〈天使〉として敬ったのだろうが……。行きすぎた感情を抱く人が出てくるのもまた人の世だ。

そもそも始まりからして歪《ゆが》んでいる。

本来〈天使〉の役割は、人を正しい道へと導くことだけであり、人に救いは与えない。人に直接的な救いを与えるのは、神の役割だからだ。

だが、ルシフェルたちも、そしてルシフェルたちの周りにいた人間も、そんな〈常識〉を忘れたくなるほど現実は過酷であり、時代は厳しかったのだ。

縋れるものが側にあり、そしてそれを受け入れるだけの器量を持った人間が存在した。きっと、始まりはそんなささやかな互助関係に過ぎなかったのだろう。しかし、いつしかそれは常識では計り知れないほど巨大な関係性に膨れ上がっていた――。

そういう時代だったとはいえ、気の毒なほど清純で、気が遠くなるほど残酷な結末だと思う。

「やがて私は世に起きたすべての不幸の元凶に仕立て上げられ、〈天使〉から〈堕天使〉――つまり〈悪魔〉になった。私は、自由意志ではなく……人々の願いにより〈堕天〉させられてしまったのです。〈天使〉でなくなった私は、もはや神の声を聞くこともできません。そして、カトリックにおいては、一度堕天したものはもう二度と救済されることがない。私は――再び〈天使〉に戻ることはないのだと、絶望しました」

デンマークの哲学者セーレン・オービエ・キルケゴールは、死に至る病とは絶望であり、絶望とは神との関係を喪失した状態であると説いた。そして絶望とは罪であるとも。

自らの信仰とは無関係に、一方的な〈堕天〉を押しつけられたルシフェルの絶望は如何ほどのものであったか。まして彼は〈悪魔〉に変わったあとも変わらず不老不死の存在であったはず。死に至る病になりながら、死ぬことすらも叶わなかったことになる。

それは無神論者の空洞淵には想像もできないほどの苦しみだったに違いない。

「――そんな折、我々は金糸雀様の誘いを受けて、この〈幽世〉へやって来ました。三百年まえの出来事です。最初は、宗教も違えば文化も違う世界に戸惑いましたが……すぐに慣れました。ここは争いのない世界で……人々の心が豊かでした。言葉も覚え、私はこの新しい世界で教会の神父となり、人々に教えを説きながら、神との関係を取り戻す方法を探し始めたのです」

教会を作って人々に教えを説いていた――。〈悪魔〉となっても、心の在り方は変わらなかったということか。ルシフェルは〈天使〉になったときと同じように、人々の救済を望んでいた。

しかし、それと同時に神との関係を取り戻す方法を探していた。

神との関係を断たれてもなお、信仰を持ち続けるという大いなる矛盾。

その決定的な不一致が、彼の心を少しずつ蝕んでいったのだろうか……。

「やがて月日は流れ……ついにその、絶好の機会を得たのです」

苦しそうだったルシフェルの瞳に、怪しげな光が宿る。

「ソラは生まれながらにして、神との繋がりを持っていました。この世界で三百年と生きてきましたが、そのような〈才能《ギフト》〉を持った人と出会ったのは初めてのこと。ですから私は、ソラの〈才能〉を奪うことで神との関係を取り戻すことにしたのです」

天の持つ異能の本質が、具体的にどのような意味を持つのか空洞淵はまだよくわかっていない。だが、その力が世界すらも創造する金糸雀に由来するものであるならば、彼の望みを叶えることくらいはできるのではないか、と思う。

「ソラが〈天使〉の感染怪異となる日をずっと待っていました。彼女の〈才能〉、感染怪異、そして信仰心の三つが結びついたとき、私はようやくそのすべてを奪うことができるのですから」

――理解が及ばなくなってきたので、空洞淵は頭の中で簡単に情報を整理する。

まず、悪魔であるルシフェルに可能なのは、信仰心を奪うことだ。

信仰心、というとやや抽象的だが、ようするにこれは〈何かを強く信じる力〉と捉えていい。その対象は神であったり、神の遣いたる天使であったり……彼らの教義に含まれるものであれば何でも構わない。

次に天が生まれ持った〈才能〉についてだが、これは一言で言ってしまえば、自らの意思で現実を改変する能力だ。極めて危険な能力だが、まだ幼い天はその力の使い方を理解しておらず、『エンジェルさん』を介してしか行使することができない。

彼らの教義によれば、〈才能〉は生まれながらにして神から与えられるものになるため、天は生まれながらにして神との特別な繋がりを持っていることになる。少なくとも、ルシフェルはそう信じているのだろう。

だが、肝心の天本人はそうは思っていないはずだ。彼女にとって『エンジェルさん』は、あくまでも〈天使〉になるための手段でしかないからだ。彼女自身が神との繋がりを自覚していない以上、彼女の〈才能〉と信仰心が結びつくことはない。

そこで、両者を無理矢理に結びつけるため利用されたのが、〈天使〉の感染怪異だった。

天が〈天使〉の感染怪異になることで、まず天の〈才能〉と〈天使〉という二つが強固に結びつく。特別な〈才能〉を持った天自身が〈天使〉になるのだから、これは当然だ。

そして〈天使〉はそもそも神の遣いなので、初めから神との関係については強い結びつきを持っている。〈天使〉と神の関係はまさしく信仰そのものだ。

つまり、この実に回りくどい一連の流れによって、天の〈才能〉と彼女の信仰心を結びつけた結果、ようやく本来は奪えないはずの金糸雀に由来する彼女の〈才能〉を奪う対象になった、ということなのだろう。

「——御託は結構よ」

そこで綺翠が突然、割って入った。

「あなたのことは、子どもの頃から知っているし、大人の男の人として尊敬もしていた。両親が亡《な》くなってからは、困ったときは助けてもらったこともあるし、穂澄もあなたに懐いているから、正直気は進まないけれども……」

そこで腰に帯びた小太刀をスラリと抜く。

「同情の余地は多々あれど、だからと言ってこの子を害していい理由にはならないでしょう。今重要なのは、あなたが大人しくその子を返すか否《いな》かという、ただその一点だけよ」

きっぱりと言い切り、双眸《そうぼう》を閉じる。

「——祓《はら》へ給《たま》へ、清め給へ。守り給へ、幸《さきは》へ給へ」

湿った洞窟に響く祝詞《のりと》。感情を排した綺翠の調べは、異教の邪気により淀む空間さえも神聖なものに浄化していく。

「――恐《かしこ》み恐みも白《まを》す」

宝刀御巫影断《みかなぎかげたち》・真打ちの刀身は、この暗闇にあっても冴《さ》え冴《ざ》えと輝きを放つ。

すでに準備は万端。その気になれば、いつでもルシフェルを祓うことができる。

一触即発の空気の中、それでも〈悪魔〉は淫靡《いんび》に笑う。

「すでにソラの神との繋がりは奪っています。儀式は終わりました。少しだけ、到着が遅かったですね。もはや用済みですから、ソラの身柄は速やかにお返ししましょう」

「気をつけて。猊下はすでに感染怪異になっているわ」

感染怪異――今この状況で獲得した怪異ということは、十中八九〈天使〉の感染怪異だ。やはり先ほどの空洞淵の仮説は的を射ていたようだ。

〈悪魔〉の根源怪異であるルシフェルが、〈天使〉の感染怪異を獲得した。

おそらく天が〈天使〉であるという認知が広がり、そしてついに彼女が〈感染怪異〉となった時機を見計らって、連れ去りを敢行したのだろう。ここ最近は、特に空洞淵たちが首を突っ込んだ影響で、認知も広がっていたから――。

「天さんは無事なのですか……？」

最大の心配事を尋ねると、神父は事もなげに頷く。

「もちろんです。これでどこにでもいる、普通の少女に戻りました。もう『エンジェルさん』は何も答えてくれませんが……それが本来あるべき人の姿です」

確かにそうだ。元々は空洞淵も、彼女に『エンジェルさん』を止《や》めてほしくて、あれこれと頭を悩ませてきた。だから、現状は一面的な見方をすると望みどおりの結末と言えないことはなかったけれども……。

「……でも、天さんは大切な家族と再会するために、必死で『エンジェルさん』を続けていたのです。彼女の努力を、一方的に無に帰すことは……避けたかった」

「この世で、死者と再会することなどできませんよ」神父は断言する。「ソラにとっては過酷な現実かもしれませんが、それはいずれ受け入れなければならないことです。唯一その望みが叶《かな》うとしたら、〈最後の審判〉の刻《とき》です。子どもに現実を伝えることもまた、大人の務めでしょう」

「そうであったとしても！」

ルシフェルの物言いで思わず頭に血が上り、空洞淵は声を荒らげてしまう。

「両親を失って傷ついている子を、さらに傷つけていいわけがない！」

珍しく激昂《げっこう》する空洞淵に、綺翠も朱雀院も驚いた顔を向けるが、すぐにまた〈悪魔〉へ視線が戻る。

「……空洞の字の言うとおりです、猊下。あなたにどれほどの事情があったとしても、あなたが一方的に天を傷つけた事実は変わりません。そしてそれは、神の使いたる天使に相応《ふさわ》しい行いではない。今のあなたは……まさしく悪魔そのものです」

とてもつらそうに、敬愛する親代わりの上司を糾弾する朱雀院。

ルシフェルは小さく首を振った。

「――理解されようとは思っていませんし、理解してもらえるとも思っていません。ただ私は、自らの信念に従うのみです」

「……一つだけ、教えてください」空洞淵はどうにか頭に上った血を下ろして尋ねる。「再び〈天使〉の力を得て、神との関係を取り戻して……あなたは何がしたいのですか？」

「――因果の巻き戻し」

冷たい声で、ルシフェルは答えた。

「神との関係を断たれた、この三百年あまりの歴史をなかったことにするのが私の望みです。私は、生まれたときから神の祝福を得続けなければなりません。そのためならば、何だってしてします」

「そんなことをしたら、今の〈幽世〉はなくなってしまいます！」

因果の巻き戻し、言い換えるならばそれは過去の改変だ。金糸雀と同等の力があれば、それは可能なのかもしれないけれども……それを実行した瞬間、空洞淵がいることの〈幽世〉は終わってしまう。

そのときふと、天の預言を思い出す。

空洞淵のせいで〈幽世〉が崩壊する、というのはまさにこのことを言っていたのではないか。本当にこれが空洞淵のせいなのかどうかはわからないが、少なくとも彼が関与した事件であることは確かだ。そして、このままでは〈幽世〉が崩壊してしまうのだとしたら当然、捨て置くことなどできるはずもない。

「空洞淵くん、無駄よ」

感情を排した硬質な綺翠の声。

「この人はとっくに壊れてるわ。今さら話し合いの余地なんかない。——取り返しがつかないことになるまえに祓いますよ」

〈幽世〉を守る〈破鬼の巫女《みこ》〉としての言葉だった。この状況では、もはや空洞淵の出番はない。ルシフェルを救えなかったことに不甲斐《ふがい》なさを覚える。

「——朱雀院さん。気の毒とは思うけど、手伝ってもらうわよ」

「……ああ」苦しげに声を絞り出す朱雀院。「ただ、せめて猊下に引導を渡す役目だけは、俺に譲っちゃくれないか……？」

「もちろん、初めからそのつもり。私が感染怪異を祓うから、あなたは本体を叩《たた》いて」

淡々と言ってから、綺翠は空洞淵を振り返る。

「それから空洞淵くんは、天さんを連れて今のうちにここから逃げて。さすがにこの狭さでは、あなたと天さんの両方を守ることは難しいと思うから」

「それはいいことを聞きました」

足下で頼りなく揺れる蠟燭に照らされて、ルシフェルは凄絶《せいぜつ》に笑う。

「では、ソラたちの脱出を阻《はば》めば、戦局は私に有利ということですね」

「――させねえよ」

悲しげに呟《つぶや》き、朱雀院はキャソックのポケットから黒い革手袋を取り出して嵌《は》める。表面には銀糸で複雑な紋様が描かれている。

朱雀院は目を瞑《つむ》り、ブツブツと何かを唱える。それはカトリックにおける祈りの文句だった。最後に、父と子と聖霊の御名《みな》によりて――アーメン、と結ぶと、手袋の紋様が淡く輝き始めた。

それは初めて見る、朱雀院の臨戦態勢だった。

「……あくまでも、私の邪魔をするのですか、サクラ」

朱雀院と対峙《たいじ》すると頭一つ分ほど小柄なルシフェルだったが、それでも一切劣ることのない威圧感を放っている。

目を開いた朱雀院は、その強烈な視線を真正面から受け止めて頷いた。

「俺は——あなたに鍛えられた、祓魔師ですから」

決別の言葉が、開戦の合図だった。

突如、猛烈な突風が洞窟に吹き荒れる。目も開けていられないような強風だったが、それでも空洞淵は半ば衝動的に祭壇へ駆け寄り、天の身体《からだ》を抱きかかえる。

「空洞淵くん、下がって！」

悲鳴に近い綺翠の声とほとんど同時に、空洞淵は闇雲に後ろへ跳び退《すさ》った。

つい先ほどまで天が横たわっていた祭壇が、旋風《つむじかぜ》に裂かれるようにバラバラになる。

もし天が横たわったままであったら大怪我《おおけが》をしていたかもしれない、と空洞淵はぞっとする。

「空洞の字と天は、俺たちが守る！」

吹き荒れる突風に負けない声量で朱雀院は怒鳴る。

「だから、こっちのことは気にせず逃げろ！」

朱雀院の大きな背中が目の前に割り込んできた。それだけで空洞淵に触れる風が幾分か弱まった。

「後のことは任せて」

綺翠も背中で語る。やはり空洞淵たちを守りながらでは戦いにくいのだろう。彼女たちのためにも、やはりここは一刻も早く逃げ出すべきだ。

「……わかった。二人とも、気をつけて」

返事も待たずに、空洞淵は一目散に地上への石段に向かう。

追撃はない。綺翠たちが防いでくれているのか、それとももはや空洞淵たちは用済みだから相手にされていないだけか。

確かめる術《すべ》はなかったが……今はただ、綺翠たちを信じるしかない。

それでもどうしても気掛かりなことがあったので、最後に一瞬だけ振り返る。

すると——ルシフェルの背後に広がった大きな漆黒の翼が、どこか悲しげに揺らめいているのが見えた。

第五章

天使

1

「師匠！　配置薬の調剤終わりました！」

蒸し暑いばかりの伽藍堂《がらんどう》の店内に、檞《くるみ》の元気な声が清涼剤のように広がる。

「ありがとう、こっちもちょうど終わったところだよ」

返事をして檞が調剤した処方の監査を行う。ざっと見たところ問題なさそうだったので、そのまま梱包《こんぽう》を指示する。檞はもうすっかり調剤業務に慣れたようだ。働き者で物覚えもよい檞の存在には本当に助けられてばかりだと改めて深い感謝の念を抱く。

配置薬というのは、街に住む各家庭へ緊急時に使用できる処方を詰めた薬箱を予め《あらかじ》預けておき、その後使用した分だけ代金を受け取る医療制度だ。昨年から試しに極楽街に導入してみたが、これが大変好評でこうして定期的に集金と補充を行うまでに広まっていった。

極楽街は広いため、数日掛かりの作業になってしまうが、榭の協力もあり以前よりは効率的になってきている。

空洞淵《うろぶち》は調剤した処方を丁寧に箱詰めしながら、空いた思考で少しだけ別のことを考える。


教会での〈天使〉騒動から一週間が経過していた。

あの後——天《そら》を抱きかかえて地上へ戻った空洞淵は、意識を失った天を穂澄《ほずみ》に任せ、ヱリカの姿を探した。一刻も早く現状を伝えるべきだと考えたからだ。

ある程度予想していたこととはいえ、自分の半身とも言える双子《ふたご》の兄が天を攫《さら》っていたなんて知らされたら、さぞやつらい思いをするだろうが……伝えないわけにもいかない。

しかし、なかなかヱリカの姿が見つからず、結局空洞淵は、地上へ戻ってきた綺翠《きすい》と先に合流してしまった。綺翠によると、ルシフェルの感染怪異を祓《はら》ったところで、彼は洞窟《どうくつ》の奥のほうへ逃げていったらしい。朱雀院《すざくいん》が追って行ったので、後のことは彼に任せて綺翠だけ先に地上へ戻ってきたという。

相変わらず怪我《けが》一つなく涼しい顔をしていたので、空洞淵はほっとした。

それからまもなく、朱雀院も複雑そうな表情を浮かべながら戻ってきた。ルシフェルは無事に祓い終えたらしい。あるいは、優しい朱雀院のことだから、見逃すこともあり得るかと空洞淵は密《ひそ》かに考えていたが、その憔悴《しょうすい》した様子からどうやら本当に祓ったことが窺えた。

根源怪異を祓うということは、その存在そのものがこの世界からいなくなってしまうことを意味する。

気の毒に思った空洞淵は、労《ねぎら》いと励ましの言葉を掛けるが、朱雀院は心ここにあらずというふうに、ああ、と短く答えるばかりだった。さすがに心の整理には時間が掛かりそうだ。

その後、教会の前で話を聞いているところにエリカもやって来た。天を探す中でうっかり森の奥のほうへ迷い込んでいたらしい。

エリカにも事情を伝えると、最初は言葉を失うほどの衝撃を受けていたが、すぐに、

「――それよりもソラのことが心配です。早く様子を見に行きましょう」

と天の元へ走って行ってしまった。ショックを受けていないはずがないのに、それでも幼い少女を慮《おもんぱか》ることができる高貴な精神性に空洞淵は感動を覚える。これが〈天使〉の根源怪異ということなのだろうか――。

四人で〈福音の家〉のリビングへ向かうと、天はソファに横たえられ、心配そうな顔の他の子どもたちに囲まれていた。

エリカと朱雀院は、子どもたちに簡単に事情を説明する。もっとも、すべての真実を伝えることはできなかったので、天は朱雀院の尽力によって連れ去ろうとした犯人の手から取り戻され、ルシフェルはそのまま犯人を追って行ってしまった——という筋書きで語られた。元々ルシフェルは、『家』の子どもたちともあまり接点を持っていなかったこともあり、しばらく会えないことを惜しまれつつも、それほど大きな悲しみには繋《つな》がらなかったようだった。

本当はもう二度と会うことが叶《かな》わないのだけれども……それは今知る必要のないことだ。ともあれ、皆は天が無事に戻ってきたことを喜んでいた。

それから数分の後、天は目を覚ました。彼女は昨晩からずっと眠りに就いていたようで、自分の身に何が起こったのかも理解できていなかった。当然、ルシフェルの顔も見ていなかったようで、その点だけは空洞淵は密かに安心した。

——ただ、安心できたのはそこまでだった。

話さないわけにはいかないので、エリカは天や他の子どもたちに、天がもう『エンジェルさん』をできないことを伝える。

周りの子どもたちは、残念そうな、あるいはどこか安心したような反応を見せたが、当人である天は急に泣き出してしまった。

声が出せない天は、言葉にならない悲痛な嗚咽《おえつ》を漏らす。

気持ちは痛いほどよくわかる。天はただ、両親との再会を信じて『エンジェルさん』を続けていただけなのだ。その望みが突然理不尽に絶たれてしまったのだから
……もはや悲しみに明け暮れることしかできない。

そのあまりにも悲しげな姿に釣られるように、周囲にも悲しみが伝播《でんぱ》していく。いつしか決して広くはない室内は、嗚咽の大合唱になっていた。

穂澄も含め、大人たちはとにかく泣きじゃくる子どもたちを宥《なだ》めて回る。

しばらく経《た》ってようやくみんなが落ち着きを取り戻したところで、空洞淵はまだ小さな嗚咽を零《こぼ》していた天に話しかけた。

「ねえ、天さん。また昔みたいに喋《しゃべ》れるようになりたいと思わない？」

天はきょとんとした顔で空洞淵を見てから、五十音表を取り出して『なりたい』と答える。

「今日はね、天さんがまた元気に喋れるようになる薬を元々持ってくるつもりだったんだ。半夏厚朴湯《はんげこうぼくとう》という薬なんだけどね――」

婦人咽中如有炙臠半夏厚朴湯主之

甘麦大棗湯《かんばくたいそうとう》と同じく『金匱要略《きんきようりやく》』の『婦人雑病脈証併治』に掲載されている処方だ。

咽中炙臠《いんちゅうしやれん》とは、喉《のど》のあたりに炙《あぶ》った肉の塊のようなものが引っ掛かっているような気がする状態のことだ。後世では、〈梅核気《ばいかくき》〉などと言うこともある。

これは実際に炙った肉や梅の種が引っ掛かっているわけではなく、気の詰まりによって現れる症状だ。つまり何らかの器質的な問題があるわけではないため、多くの場合レントゲンや血液検査など現代医療の検査で異常なしと見なされてしまう。

様々な理由から気の詰まりは生じるが、多いのはやはりストレスだ。精神的な負荷から気の鬱滞《うつたい》を生じ、やがてそれが異物感となって現れる。

半夏厚朴湯は、そんな喉の気の詰まりを解消する処方である。気剤と呼ばれる処方の一つであり、軽めに煎《せん》じることでよく気を通してくれる。

声が出せない、という天の症状も、両親を目の前で失った精神的負荷からくるものなのだから、気剤との相性は悪くないはずだ。

「あまり美味《おい》しい薬ではないけど、頑張って一ヶ月くらい飲んでみようか。喉に痞《つか》えてるものが取れたら、きっとまた喋れるようになるから」

天は涙で潤《うる》んだ瞳《ひとみ》で空洞淵を見上げて、こくりと小さく頷《うなず》いた。


「——師匠、準備できましたよ」

梛の声で、空洞淵は我に返る。つい物思いに耽《ふけ》りすぎたようだ。

街へ配置薬を補充に行く準備が整ったならば、あとはもう出掛けるばかりだ。

熱中症対策に二人で五苓散《ごれいさん》を飲んでから、店を出ようとしたまさにそのとき——。

ごめんください、と高く澄み切った美しい声が店内に響き渡った。

患者さんか、と視線を向けると——入口に、修道服を纏《まと》った妙齢の女性が立っていた。日本人離れした彫りの深い西欧系の顔立ち。聖桜《せいおう》教会シスター、エリカ・リィンフィールドであった。彼女が伽藍堂へやって来るのは初めてだったので、空洞淵は少し驚いた。

「いらっしゃいませ。急患ですか?」

「いえ、ただ先日のお礼に参っただけです」穏やかに微笑《ほほえ》み小首を傾《かし》げる。「お忙しいようでしたらまた出直しますが」

「いえ、とんでもない。せっかくいらしたのですから、少し上がっていってください」

慌《あわ》てて招き入れる空洞淵。失礼します、とブーツを脱いでヱリカは框《かまち》を上がる。

囲炉裏の前の座布団《ざぶとん》の上で姿勢よく正座をするヱリカ。典型的な日本家屋である伽藍堂の中では、西洋人形のようなヱリカの姿は大層違和感があって空洞淵はどうにも落ち着かない。

「では、師匠。私は先に行ってますから、ゆっくりお話をしていてください！」

気を利《き》かせた槲が重たいはずの荷物を軽々と持って店を飛び出していった。

狭い店内で二人きりになってしまいどうにも気まずい思いを抱きながら、ありあわせの茶を出す。本当は紅茶を出すべきなのだろうが、店に常備してあるのは緑茶しかないのだから仕方がない。

「こちら、もしよろしければ皆さんで召し上がってください。お口に合えばよいのですが……」

ヱリカは持っていた袋から、ブリキの缶を取り出して空洞淵に差し出す。

中には手作りと思《おぼ》しきビスケットが詰まっていた。丁重に頂戴《ちょうだい》する。

「わざわざありがとうございます。教会でお作りになったのですか？」

「はい。子どもたちも空洞淵先生へのお礼にと、張り切っていたのですよ」

嬉《うれ》しそうに語るヱリカ。それを聞いたら空洞淵も胸が熱くなる。早速一枚食べてみる。ほどよい甘さと小麦の香りが口いっぱいに広がりとても美味であった。

「すごく美味しいです。今度またみんなにも挨拶《あいさつ》に伺いますね」

「ええ、是非。皆また先生がいらっしゃるのを楽しみにしています」

子どもたちの話とビスケットのおかげで、大分緊張が和らいだ。ようやく空洞淵はずっと気になっていたことを尋ねた。

「天さんは……お元気ですか？」

「そうなのです！　聞いてください、先生！」

途端に興奮した様子でヱリカは身を乗り出した。

「今朝から、少しずつ声が出るようになったのです！　もう本当に嬉しくて……わたくし、年甲斐《としがい》もなく涙ぐんでしまったほどです」

「それはよかった」どうやら空洞淵の薬が効いているようで胸をなで下ろす。「でも、僕の薬はあくまで少し補助をしている程度のもので、天さんが声を取り戻し始めているのは、シスターを始めとした〈福音の家〉の皆さんが、一丸となって天さんを支えてくださったからです。僕へのお礼など不要ですよ」

謙遜《けんそん》ではなく本音を伝えるが、ヱリカは「それでも……ありがとうございます」と声を震わせて言った。

まあ、何が何でも固辞するようなものでもないので、謹んでお礼を受け入れる。そのお礼にはきっと、もっと別の意味も含まれていると思ったから――。

そこでヱリカは、空洞淵の考えを読んだように姿勢を改めた。

「――空洞淵先生、お話があります」

「……なんでしょうか」

直感的に、大切な話に違いないと確信し、空洞淵も居住まいを正す。

「サクラから、先生のお話はよく伺っております。天眼通《てんげんつう》の如《ごと》き、すべてを見通す眼《まなこ》を持っておられると」

ヱリカはどこか緊張をはらんだ声で言った。

「――で、あるならば。やはり今回の一件でも、語り得ぬ事情までご承知なのですよね？」

語り得ぬ事情――確かにおおよその見当は付いていたが、部外者である空洞淵が踏み込むべきではないことも十分に理解している。

だから知らない振りをして誤魔化すこともできたけれども……。真剣なヱリカの視線を受けて、空洞淵は正直に答える。

「……あくまでも想像の範疇《はんちゅう》を超えませんが、一応僕の中では納得できています」

「もしよろしければ、先生のお考えをお聞かせいただけないでしょうか。きっとそのほうが……お兄様も喜ぶと思いますので」

その口ぶりで、空洞淵は自分の中で想像に過ぎなかった仮説が、ほとんど確信に変わった。確かにヱリカの言うとおり、関係者以外で一人くらいは真相に至っている部外者がいたほうが、ルシフェルも喜ぶかもしれない。

今は亡《な》きルシフェルの魂のために、空洞淵は重たい口を開く。

2

「……いくつかの状況証拠の積み重ねになります。もし違っていたら、遠慮なく指摘してください。おそらくですが——すべては天さんを救うために行われたことなのだと、僕はそう理解しています」

ヱリカは何も答えずにただじっと空洞淵を見つめている。その沈黙を肯定と捉《とら》えて、空洞淵はゆっくりと語っていく。

「今回の件には、いくつかの事象が複雑に絡《から》み合っているので、どこから話せばよいのか悩むところではあるのですが……。やはり発端は、天さんが生まれ持った異能に覚醒《かくせい》してしまったことでしょう」

金糸雀《カナリヤ》に通じるという天が生まれ持った異能は、多くの場合はそれに気づかないまま生涯を終えるらしいが……。

「天さんは、不幸な事故によりその能力に目覚めてしまいました。もちろん、それだけならばまだ自覚していないので如何様《いかよう》にでも対応はできたはずですが……。その後、〈福音の家〉の子どもたちの間で『エンジェルさん』なる遊びが流行《はや》ってしまった。これによって天さんは、意図せず自らの能力の方向性に気づいてしまった」

時機を見計らったように『エンジェルさん』が流行したのもおそらく偶然ではなく、例の狐面《きつねめん》の男の差し金なのだろう。結局、最終的な目的まではわからず終《じま》いだったが、本当に余計なことをしてくれたと、恨めしい気持ちになる。

「天さんの持つ異能は、幼い子どもが持つには特別に危険なものです。このままでは、天さんの身どころか、〈幽世《かくりよ》〉という世界そのものが危機に晒《さら》されるおそれもあります。早々にその事実に気づいた神父様たちは、どうにかして彼女からその異能を奪おうとしますが……残念ながら事はそう簡単にはいかなかった」

「ソラの力が……単純な感染怪異ではなかったから、ですね」

エリカの言葉に空洞淵は頷いた。

「はい。それがただの感染怪異であったならば、朱雀院さんにも祓えたでしょう。ところが、天性の才能であるがゆえに、容易に奪うことは叶わなかった。そこで苦肉の策として、すでに〈福音の家〉で流れ始めていた、『天さんは〈天使〉である』という噂《うわさ》を利用することにしたのです」

「噂を利用……それはつまり、ソラを感染怪異にしてしまう、ということですよね？けれどそれならば、何もここまで大騒ぎをしなくとも、サクラに感染怪異化した後のソラを祓ってもらえばそれでよかったのではありませんか？」

エリカの言うとおりだ。

天を感染怪異にすることで、彼女が持っていた異能を奪うことができるならば、空洞淵や綺翠を騒動に巻き込む必要などない。

ルシフェルと対峙していたときにはそこまで頭が回らなかったが、あのときの仮説には決定的な矛盾があった。

「……もちろん、できることならそうしたかったはずです。でも、できなかった。何《な》故《ぜ》なら、天さんの近くにはすでに〈天使〉の根源怪異がいたからです。つまり……あなたですよ、シスター・エリカ」

ヱリカは形のいい眉《まゆ》を僅《わず》かに動かす。

「天さんにとって、〈天使〉とはあなたそのものだった。だから、彼女が〈天使〉の感染怪異になっても、根源怪異たるシスターの影響を色濃く受けてしまった。その結果、彼女の持つ異能と信仰心が上手く結びつかず、祓うことも奪うこともできなかったのです」

人々の認知が感染怪異を生み出す、というのは、この世界の理《ことわり》の一つだけれども……。それは必ずしも、人々の認知どおりの感染怪異になる、というわけではない。

感染怪異を得る本人の認知が影響する場合もあれば、怪異のひな形……つまり、根源怪異が存在するときにそちらの影響を受けてしまうこともあるのだ。

たとえば、ある不老不死の根源怪異をひな形として作られた感染怪異があった場合、ひな形となった根源怪異が突然何らかの理由により不老不死でなくなった場合、感染怪異もまた不老不死ではなくなる――といったことが起こりうる。

もちろん、感染怪異が絶対に本人の認知や根源怪異の影響を受ける、というわけではないので、少々特殊といえば特殊な例ではあるが……。

いずれにせよ、天にとって天使は信仰の対象ではなかった。それゆえに感染怪異になったあとも、彼女が本来持っていた異能と結びつけられることはなく、彼女の異能はそのまま独立した能力として存在し続けた。

ルシフェルと対峙したとき、空洞淵は天の〈才能〉とルシフェルが奪うことのできる信仰心を無理矢理に結びつけるために感染怪異を利用したのだと思ったが……そもそもそんなことは不可能だった。

つまり、その状態で天の感染怪異を祓ったとしても、本来の目的である〈金糸雀〉に通じる能力〉を奪うことはできないのだ。

「その人が生まれ持った特別な力を奪うことは非常に難しい。〈国生みの賢者〉である金糸雀もそう言っていました。本来は、安全装置としての世界の設計なのですが……今回の件では、それが大きな壁となることが事前にわかっていた。だから、その世界の設計をすり抜けるために、あなた方はあえて騒ぎを大きくしたのです。それが——天さん誘拐事件の真相です」

「……つまり、あれは狂言誘拐だったと？」

「はい。まあ、実際に天さんの意思を無視して連れ去っているわけですから、誘拐ではあるのですが……。その目的は彼女を救うためにあったので、そう表現しても差し支えないでしょう」

「しかし騒ぎを大きくすると、何故それがソラを救うことに繋がるのでしょうか？」

「天さんの誘拐騒動を起こすことで、僕だけでなく綺翠が関わりやすくなります。つまり、あなたが本当に利用したかったのは、僕ではなく僕の背後にいる〈破鬼の巫《み》女《こ》〉だったのです」

病に絡めて空洞淵を天の騒動に関わらせれば、必ず同居している綺翠にも話は通る。その後、直接天が誘拐されたという報告を神社にすれば、面倒見のいい綺翠は自然と騒動に首を突っ込んでくれるはず――。

空洞淵たちの行動はすべて見越され、計画に盛り込まれていたのだ。

雪が降ったあの日。天の姿がどこか神々しく見えたのは、あの時点ですでに〈天使〉の感染怪異になっていたためだろう。念のため空洞淵が関与するまでは、天が感染怪異にならないよう認知の数を調整していたのだろうが、その必要もなくなったので神父が街で一気に噂を拡散したのだ。祓い屋である朱雀院は当然、天の感染怪異に気づいていたはず。つまり、初めから朱雀院は計画の実行者側にいたことになる。

上手《うま》いこと操られ利用されていたとも取れるが、すべては天のためであったことを思えば腹も立たない。

「〈破鬼の巫女〉には、他の祓い屋が持たない特別な力があります。それは、怪異以外の概念も断つことができる、というものです。因果のような抽象的なものから、人が持つ形質のようなものまで、彼女が認知したすべてのものは、彼女の意図したとおりに断つことができる……」

言い換えるならばこれは、綺翠の認知をある程度調整することで、祓う対象を拡張できることを意味する。

ましてあのときは、空洞淵自身も命の危険に晒されていた。綺翠が思うままに現実改変を行うための条件は、完璧《かんぺき》に揃《そろ》っていたといえる。

「――あなた方の真の狙《ねら》い……それは、綺翠の力で天さんの本来の能力と感染怪異を同時に祓わせることだったのです」

言い切る空洞淵。ヱリカは何も答えず、ただ観念したように目を伏せる。

綺翠の目の前で騒ぎを起こすことで、ルシフェル神父が天から奪った感染怪異に、彼女が本来持っていた〈金糸雀に通じる能力〉も含まれると誤認させ、感染怪異とともに祓わせる。

ここに至る複雑な一連の流れは、すべてこの一点のために行われていた。

これまで感染怪異ではなかった人が突然、感染怪異になっており、さらに〈悪魔〉の能力で天の異能を奪ったなどと長々と語れば、綺翠はすっかりその発言を信じ込んでしまっただろう。

つまり、聖堂の地下でのあれこれは、天が本来持っていた異能までもルシフェル神父によって奪われたのだと誤認させるための、最後の後押しだったのだ。

すべては、綺翠に天の異能を祓わせるための――段取り。

ならば初めからすべての事情を綺翠に伝えて、その上で祓ってもらえば騒ぎにもならずに問題が解決するのでは、という疑問も湧《わ》くが、それでは先入観が邪魔をして彼女の認知を思いどおりに操れないのだろう。あくまでもこれは、綺翠が疑いなく〈そうである〉と事象を認知して初めて起こる、ある種偶然の代物《しろもの》なのだ。

本当に思うまま現実を改変する能力は、今のところ綺翠には備わっていないと金糸雀も言っていた。

だからこそ、今回はあえて誘拐騒ぎを起こして状況を複雑化した――。

「そして神父様は一芝居を打ってすべてを綺翠に信じ込ませ、最終的に天さんから奪った感染怪異とともに、彼女の異能をも祓わせることに成功したわけです」

そこまで言って、空洞淵は声を落とした。

「……感染怪異が祓われた時点で、目的は達せられていたんです。だから本当は、神父様自身が祓われる必要などなかった。でも……それでも朱雀院さんは、神父様を祓いました。この狂言誘拐を〈真実〉に昇華するために。……きっと朱雀院さんは、洞窟の奥へ逃げた神父様をこっそり逃がすつもりだったのだと思います。しかし……神父様はそれをよしとしなかった。もし将来、本当は神父様が生きていることを綺翠に知られたら、祓われたはずの天さんの能力が蘇《よみがえ》ってしまうかもしれない。そんなささやかな危険性さえも回避するために……神父様は消え去る決意を曲げなかった。〈破鬼の巫女〉を利用した代償として……自らの命を差し出したのです」

朱雀院は無愛想だが、気のいい人間でお世辞にも嘘《うそ》が上手いとは言い難い。仮にあの場でルシフェルを逃がしていたら、勘のいい綺翠には気づかれていただろう。綺翠が朱雀院の言うことを信じきったのであれば……やはり本当に彼がルシフェルを祓ったと考えるのが自然だ。

悲しげな色を瞳に宿すばかりのエリカだったが、覚悟を決めたようにまた真《ま》っ直《す》ぐ空洞淵を見つめた。

「――概《おおむ》ね、空洞淵先生のお見込みどおりです。わたくしとお兄様と、そしてサクラの三人で協力して、今回の騒ぎを起こしました。ソラには悪いことをしてしまったと今でも思っていますが……そうでもしなければあの子の能力を奪うことは叶わなかった。ですから……後悔はありません」

三百年以上を連れ添った兄を失っても揺らぐことのない覚悟。計り知れないほど神聖な精神に目眩《めまい》すら覚える。

「しかし、空洞淵先生の今の説明はまだ十全なものではありません。そもそも何故、ソラの感染怪異が、わたくしの根源怪異に影響されてしまうのか、明確な説明がなされておりません。〈ソラは天使である〉という認知を持っていたのは、〈福音の家〉の子どもたちです。彼らは皆、ソラの持つ異能が〈天使〉の能力であると認識していました。ならば、彼らの認知が実を結んでソラが感染怪異になったのであれば、それは当然、彼女が本来持っていた異能と直接的に結びつけられるのではありませんか？にもかかわらず何故それが起きずに、わたくしの根源怪異の影響が色濃く現れてしまったのか。そしてわたくしたちは、何故それを事前に予測し対策を立てることができたのか。その点について、空洞淵先生のお考えをお聞かせください」

ヱリカの指摘は、まさに空洞淵の先ほどの説明で敢《あ》えて暈《ぼ》かしていた部分だ。

可能であればうやむやにしてしまいたい部分ではあったのだけれども……すべてを詳《つまび》らかにすることがヱリカの望みなのであれば、空洞淵もそれに応《こた》えるしかない。

「天さんの感染怪異がシスターの根源怪異に強く影響されてしまったのは、ただ一緒に住んでいたからというだけの理由ではないのです。天さんとシスターは……もっと本質的な部分で強い共通項を持っていた。そう考えなければ、道理に適《かな》わない。では、本質的な共通項とは何か、と考えたとき……〈福音の家〉の子どもに聞いたある話を思い出したのです。それが、天さんとシスターだけは、他の子どもたちと一緒に風呂《ふろ》に入らない、ということです。いくらシスターが神に仕える身だったとしても、小さな子どもとも一緒に風呂に入らないというのはさすがに徹底しすぎているし、それならそれで、何故天さんとだけは一緒に風呂に入るのかが説明できない。だからきっとそれは、もっと極めて個人的な理由なのだと思いました」

個人的な理由——その考えに至ったとき、ルシフェルの言葉が脳裏を過《よぎ》った。

「教会地下の洞窟で、神父様は自らの生まれについて語った際、『私たちの身体《からだ》は少し特別だった』と言っていました。状況的に考えても、その『特別』とは他者から見てすぐわかるような外見的特徴のことを指していることは明白です。そして、その『特別』がゆえに、あなた方は〈天使〉にされてしまった」

エリカは何も応えずに、ただじっと空洞淵を見つめている。

「……回りくどい説明は、ここまでにしておきましょうか」空洞淵は小さく息を吐いた。「あなたは……性分化疾患なのですね？」

3

——性分化疾患。

かつては半陰陽などとも呼ばれていた、女性器と男性器の両方の特徴を持って生まれた状態を示す医学用語だ。

性ホルモンや性染色体など様々な原因から性分化疾患は起こりうるが、特に医学の発展していなかった三百年以上まえの当時では、それこそ神の御業《みわざ》と考えられても不思議はない。

何より、天使には性別がないとされる。

洗礼の際、女性と男性の特徴を併せ持った赤子を見て、神父が天使を連想してしまうのも無理からぬことだ。

「——あなたは、特殊な性器を持って生まれてきた。そして女性と男性両方の性を持つことから、性別がないと見なされ、天使として祭り上げられてしまったのです」

エリカたちにとっての不幸は、過酷な時代の中で、彼女たちに救いを求める者が増えすぎた結果、本当に〈天使〉になってしまったことで……。

空洞淵の仮説を肯定するように、ヱリカは神妙に頷いた。

「……まさしく。わたくしの身体には、性別がありません。ただ、わたくしは自身の魂が女性であると認識しておりますので、どうか今後もそのように扱っていただけると嬉しく思います」

「わかりました。では、これまでどおりにそうしましょう」

そこで空洞淵は長広舌で乾いた口をお茶で潤《うるお》す。幾分冷めてしまったが、この猛暑の中ではちょうどいいくらいだった。

「――あなたが、〈福音の家〉の子どもたちと一緒に風呂に入ることができなかった理由は、まさにここにあります。あなたは、普通とは異なる自身の身体が子どもたちを驚かせてしまうと考えた。だからいくら子どもたちに懇願されても、頑《かたく》なに一人で風呂に入っていたわけですが……最近になって少しだけ事情が変わりました。それが、天さんが〈福音の家〉にやって来たことです。それまでは、誰とも一緒に風呂に入らなかったはずのあなたが、天さんとだけは一緒に風呂に入るようになった。そして天さんは、あなた以外の誰とも一緒に風呂に入ろうとしない……。この事実から導き出される仮説は一つしかない。つまり――天さんもまた性分化疾患だった」

天とヱリカの本質的な共通項――。それが、彼女たちの身体的特徴の一致だった。

そしてヱリカ自身が、性分化疾患と〈天使〉を強く結びつけられてしまったがゆえに怪異化したため、同じ身体的特徴を持つ天もまた、根源怪異の〈天使〉の影響を強く受ける――。ヱリカたちがこれを事前に予測して対策できたことも頷ける。

「――お見事です」

嘆息にも似たため息とともに、ヱリカは続ける。

「わたくしと同様に、ソラもまた身体的な性が曖昧《あいまい》な存在として生まれました。あの子は幼いながらに、自分の身体が他の子どもたちと違うことに悩み、苦しんでいた。それも個性の形なのだから気にしないでと諭しましたが……それだけでは、彼女の心に届かなかった。だからわたくしは……少しでもあの子を苦しみから救いたくて、わたくしの身体の秘密と、天使であることを明かしたのです」

「……なるほど。だから天さんは、あなたが天使であることを知っていたのですね。だが結果、感染怪異の〈天使〉が、より根源怪異に強く影響を受ける状況が生まれてしまった」

「おそらく、そうなのでしょう。……神の試練は、あまりに人に厳しいです」

悲しげに微笑むヱリカ。天使の件を伝えた後に、天が強力な異能を持っていることが明らかになり、事態は複雑化していったわけだ。不幸という他ない。その何とも言えない表情を見て、空洞淵はもう一つの仮説に確信を得た。

「……ずっと気になっていたことがあるんです」

「何でしょうか？」首を傾げるエリカ。

「——あなたとルシフェル神父の関係です」空洞淵は核心に迫る。「二卵性の双子というお話ですが……どうにも違和感があるのです」

「違和感、ですか」

「はい。あなただけでなく、ルシフェル神父もまた、最初は天使として扱われていたということなので同じく性分化疾患だったのだと想像しますが……。しかし、二卵性の双子で、二人とも性分化疾患だったというのは、偶然にしてはできすぎていると思うのです」

二卵性の双子は、言ってしまえば生まれたときが同じなだけの別人にすぎない。遺伝情報も当然異なるものであり、そんなエリカとルシフェルの二人が共に特殊な身体的特徴を持って生まれたというのは、些《いささ》か腑《ふ》に落ちない。

「では……普通の双子だったのかもしれませんね。性別が曖昧ならば、兄も妹もありません。普通の双子であることを隠して、己の役割を演じていただけだとすれば違和感もないのでは？」

普通の双子――つまり一卵性双生児。確かに全く同じ遺伝情報を持つ一卵性の双子であったならば、二人が共に性分化疾患として生を受けても不思議ではない。

「普通の双子だった可能性についても、もちろん検討しました。それでも……やはり違和感は拭《ぬぐ》い去れません。どうして同じ天使として祝福されていたのに、そのうち片方だけが悪魔の誹《そし》りを受けることになったのでしょう?」

空洞淵の疑問に、エリカは表情を凍らせた。

やはり――、と悟りを得たようなため息を吐《つ》いて空洞淵は続ける。

「三百年以上も昔の、あなたが生きた当時の外国の情勢には詳しくありませんが……社会不安から、それまで天使として崇《あが》めていた存在を、一転して悪魔と誹りたくなる人間の気持ちは、まあ何となく想像できます。理解はできませんけれども。愛憎は、天使と悪魔のように表裏一体ですから、愛情が反転して憎悪《ぞうお》に変わることもあるでしょう。ですが……その一方的な感情がルシフェル神父にのみ向いたというのがよくわかりません。ずっと考えていたのですが……この疑問を解消するいたってシンプルな解決法に気づいたのです。そもそも……初めから一人しかいなかったのではないか、と」

エリカは何も答えない。

空洞淵は、真っ直ぐにシスターの大きな灰色の瞳を見つめて告げた。

「シスター・ヱリカとルシフェル神父は——同一人物だったのですね」

4

最初の疑念は、極めて単純だった。

それは、ヱリカとルシフェルが同時に存在しているところを見たことがない、というものだ。

空洞淵が初めて教会に訪れたとき、聖堂にはヱリカがいた。そしてヱリカは、ルシフェルを呼ぶために奥へ引っ込み、その後入れ替わるようにルシフェルが現れた。

あのときの状況はよくよく考えてみれば奇妙だ。

本来であれば、来客である空洞淵に対応したヱリカは、ルシフェルとともに再び聖堂に戻ってくるべきだ。仮にその後別件で中座するにしても、一言断りを入れるのが自然な対応だろう。にもかかわらず、結局ヱリカは戻って来なかった。それまで空洞淵に対して丁寧な対応をしてくれていた彼女にしては、些か不自然だ。

加えて、ルシフェルが〈福音の家〉の子どもたちと接点を多く持っていなかったというのも奇妙な話だ。『家』には、彼らの他に従業員はいない。だからこそ人手など多くあるに越したことはないはずなのに……何故ルシフェルは、ヱリカと朱雀院に子どもたちに関するほとんどすべてを任せていたのか。

そんなささやかな疑問から、ひょっとしたら自分の正体がバレるのを恐れていたために、ルシフェルとして子どもたちに触れあうことを避けていたのでは、という可能性に至った。

そう考えると、何故双子でありながらルシフェルだけが悪魔になったのかという疑問も解消される。

初めから〈天使〉が一人しかいなかったならば、〈悪魔〉の誹りを受けるのも、当然一人だけになるのだから。

「正確に表現するならば、おそらくあなたの中には女性性の〈シスター・ヱリカ〉と、男性性の〈ルシフェル神父〉という二つの魂が存在していたのだと思います。両者は状況によって、魂を切り替えながら立ち振る舞っていた。さながら本当の双子のように、ね。そして、〈悪魔〉の誹りを引き受けたのはルシフェル神父の魂だった。つまり、あなたの肉体の中には、〈天使〉と〈悪魔〉という二つの根源怪異が共存していたのです。文字どおり……疑う余地すらなく、二人は半身だった」

生まれつき肉体に、二つの魂が宿っていたのかは空洞淵にはわからない。

もしかしたら、社会生活を営む上でそちらのほうが都合がよかったために、男性性と女性性の魂を分離したのかもしれない。

たとえば、カトリック教会の代表者たる神父は、その字のとおり、男性でなければならない。これは現代でも尚《なお》続いている慣習であり、総本山たるローマ教皇庁も今のところは、その慣習を改める意思はないという。

そのこととの是非についてはともかく、〈現世《うつしよ》〉で敬虔《けいけん》な教徒だった彼らは、〈幽世〉で教会を運営する際に、どうしても代表者を務める男性性が必要だった。

また、孤児院を併設するのであれば、男女分け隔てなく子どもたちの面倒をみることができる女性性も必要だったはずだ。

つまり、両者の魂を明確に別人として切り分けて振る舞うほうが、都合がいいという事情もあった。彼らが、あえて魂と性別を使い分けることにしたのは、おそらく〈幽世〉へ来てからのことだろう。

旧来、世界には男性と女性の二種類の人間しか存在しないとされ、それらは肉体的特徴によって区別されてきた。

ところが近年になり、世界はそう単純なものではないことがわかってきた。

男性でも女性でもない第三の性や、肉体的特徴に依存しない認知上の性などの存在がようやく認められ、その認識もどんどん一般化してきている。

生まれたままの肉体、そして本人が望む性によって、人生を謳歌《おうか》できる社会が、少しずつ実現していると言える。

〈現世〉でも、〈幽世〉でも――。

いずれにせよ、ルシフェル神父とシスター・ヱリカの一人二役は、彼らが望んで選んだ選択なのだ。そこに赤の他人である空洞淵が口を挟む権利などありはしない。

そこで空洞淵はやり切れない思いに口ごもる。

「……それでもルシフェル神父は、天さんを救うためにその魂を差し出したんです。そして最終的に朱雀院さんは、あなたの肉体から〈悪魔〉の根源怪異のみを祓った。根源怪異だったルシフェル神父の魂は……ともに祓われてしまったんです」

空洞淵がもっと早くに気づいていれば、あるいは別の結末もあったかもしれない。

近頃、そんな後悔ばかりしているようで気が滅入《めい》ってしまう。あくまでも彼はただの薬師《くすし》で、特別な力は何も持っていないのだから致し方ない部分は当然あれど……関わってしまった以上、不甲斐なさを感じてしまうのもまた、致し方ないことだ。

「空洞淵先生。どうかお気になさらないでください」

まるで聖母のような慈愛に満ちた口調でそう言ってから、ヱリカは被《かぶ》っていたベールを外し、さらに頭巾《ずきん》まで脱ぐ。

頭巾の下から現れたのは……短髪にまとめられた栗色《くりいろ》の巻き毛。

陶器のような滑らかな白い肌。灰色の大きな瞳と、日本人離れした彫りの深い顔立ちは、まるでおとぎ話に登場する白馬に乗った王子様のよう――。

そこにあったのはあの日、教会の聖堂で目にしたルシフェル・リィンフィールド神父の姿だった。

ルシフェルは――いや、ヱリカは、修道服の胸元に手を添えて優しく目を瞑《つむ》った。

「――それが、お兄様の願いだったのですから」

清らかに澄み切った〈天使〉の呟《つぶや》きは、陽炎《かげろう》のように夏の大気に溶けていく。

「確かに、お兄様の魂は天に召されました。しかし、お兄様の清く正しい思いは、今もわたくしの胸に熱く灯《とも》っております。お兄様の望みどおり、天は無事に普通の女の子に戻ったのです。後悔など、あるはずもございません」

その表情は驚くほどに穏やかで、言葉は曇り一つなく澄み渡っている。

ヱリカは本当に、今回の一件に後悔をしていないことが窺えた。

三百年以上もの長きを連れ添った半身と、一人の少女の未来を天秤《てんびん》に掛けて、一切の躊躇《ちゅうちょ》なく後者を選んだ。

その眩《まぶ》しいくらいに神聖な姿が、何故かとても悲しく思えて――。

空洞淵は知らず、一筋の涙を零していた。

「わたくしどものために、泣いてくださるのですね。優しい方」

手を伸ばしたエリカは、空洞淵の頬に触れてそっと涙の跡を拭った。

幼い頃、一人で泣いていたところを母親に見つかってしまったときのような居心地の悪さを覚える。

「……三十まえのいい歳《とし》した男が、すみません」

「とんでもない。お兄様もきっと、お喜びになっていることでしょう。空洞淵先生、この度は本当にありがとうございました」

心を蕩《とろ》かすような甘い微笑み。空洞淵は、何も答えられなかった。

熱い涙が、また頬を伝った。

エピローグ

長居をしてもご迷惑なので、とヱリカは再び頭巾《ずきん》とベールを被《かぶ》り、去って行った。うだるような暑さの中、忙《せわ》しないほどの蝉時雨《せみしぐれ》に包まれながら歩み行く、小さな背中を見送る。

ようやく――今回の騒動にすべて片が付いたのだと実感すると同時に、やはりどうしようもなく物悲しい気持ちも湧《わ》き起こる。

〈悪魔〉の根源怪異になりながらも、〈天使〉の心を持ち続けたルシフェル・リィンフィールドという男の激動の生涯は、たかだか三十年弱しか生きていない空洞淵《うろぶち》には、想像することすら叶《かな》わない。

だから真の意味で彼が何を思い、その身を犠牲にしてまで一人の少女を救うことにしたのかは、きっと一生理解できないだろう。

虚無感にも近い思いを抱きながら、空洞淵は店の中へ戻る。

何もやる気が起きなかったが、すぐに榊《くるみ》を一人で配置薬の補充に向かわせてしまっていることを思い出した。

この暑い中一人で作業をさせるのはあまりにも可哀想《かわいそう》だ。早く追いかけてあげなければ、と思うも、やはり腰が重い。

それから、何故《なぜ》か唐突に綺翠《きすい》の顔が見たくなった。

理由は自分でもわからなかったが、一刻も早く彼女の顔を見て、声を聞いて、体温を感じたかった。

寂しさ——とも少し違う感情。後悔か、あるいは懺悔《ざんげ》か。

衝動的に胸の奥を掻《か》きむしりたくなったとき——戸口に誰かが立っている気配に気づく。来客だろうかと顔を上げる。そこには、巫女《みこ》装束に身を包んだ涼しげな顔の御巫《みかなぎ》綺翠が立っていた。

「綺翠……どうして……？」

半ば呆然《ぼうぜん》として最愛の人の名を呼ぶ。戸口に立った綺翠は、いつもどおりの感情の籠《こ》もらない表情で小首を傾《かし》げた。

「何だかあなたに呼ばれた気がして……居ても立ってもいられなくなって来たの」

そしてすぐに空洞淵の様子が普段と異なることを察したのか、音もなく下駄《げた》を脱いで駆け寄ってくる。

「どうして泣いているの？　何か、つらいことでもあったの？」

いつもの硬質な声ではない。空洞淵の身を心底案じる、優しくて温かい声だった。

泣いていたことを綺翠に知られるのが何となく恥ずかしくて、空洞淵は着物の袖《そで》で無造作に顔を拭《ぬぐ》う。

「……これは、汗だよ」

「そうなの？」

「うん」

「本当に？」

「……うん」

心配そうに顔を覗《のぞ》き込んでくる綺翠。間違いなくこの様子だと疑っている。

その透きとおるような瞳《ひとみ》で見つめられたら……嘘《うそ》を吐《つ》き通せなくなる。

「……もし涙だったとしても、綺翠の顔を見て、綺翠の声を聞けたなら――もう大丈夫だよ。心配してくれてありがとう。それに、顔を出してくれてすごく嬉《うれ》しいよ」

「……そう？」

まだ多少は訝《いぶか》しげだったが、嘘を吐いているわけではないことが伝わったのか、心配そうだった顔を僅《わず》かに崩して微笑《ほほえ》んだ。

「あなたが元気になったのなら、私はそれだけで十分」

空洞淵が何も言わないことを咎《とが》めるわけでもなく、綺翠は懐《ふところ》から取り出した手ぬぐいで空洞淵の顔を優しく拭った。

「ほら、男前に戻った。お仕事の途中で邪魔をしてしまってごめんなさいね。もう帰るけど……私も空洞淵くんの顔が見られてすごく嬉しかったわ」

また後でね、と気安く告げて、綺翠は颯爽《さつそう》と去って行った。気を遣わせてしまったみたいで申し訳ない気持ちになりながらも、今はその気遣いがとてもありがたかった。

綺翠のおかげで仕事に戻る活力が湧いた。楜を追いかけるための準備をしながら、空洞淵はたった一人の少女を救うために、その身を犠牲にした神父について思いを馳《は》せる。

理解できないことについて頭を悩ませるのは無駄なことだ。

だからその代わり、柄にもなく空洞淵は祈る。

今、彼にできることはそれしかないのだから。

正しい祈りの文句や作法などは知らない。

それでも、心からの感謝と弔悼と謝罪の意思を込めて——祈る。
ルシフェル・リィンフィールドの魂が、安らかな眠りに就かんことを。
ささやかな祈りは、安息を願う歌のように夏の天に溶けていく。
思うことは、ただ一つだけ。

——天使に鎮魂歌《レクイエム》を。

参考文献

『傷寒雑病論』小曽戸丈夫編　谷口書店
『臨床応用　傷寒論解説』大塚敬節著　創元社
『金匱要略講話』大塚敬節主講・日本漢方医学研究所編　創元社
『神道　古神道　大祓祝詞全集』神道・古神道研究会著　弘道出版
『旧約聖書　新共同訳』日本聖書協会

本書は新潮文庫のために書き下ろされた。

幽世《かくりよ》の薬剤師

紺野天龍著

薬剤師・空洞《うろ》淵霧瑚《ぶちきりこ》はある日、「幽世」に迷いこむ。そこでは謎の病が蔓延しており……。現役薬剤師が描く異世界×医療ミステリー！

幽世《かくりよ》の薬剤師2

紺野天龍著

薬師・空洞淵霧瑚は「神の子が宿る」伝承がある村から助けを求められ……。現役薬剤師が描く異世界×医療ミステリー、第2弾。

幽世《かくりよ》の薬剤師3

紺野天龍著

悪魔祓い。錬金術師。異界に迷い込んだ薬師・空洞淵は様々な異能と出会う……。現役薬剤師が描く異世界×医療ミステリー第3弾。

幽世《かくりよ》の薬剤師4

紺野天龍著

昏睡に陥った患者を救うため診療に赴いた空洞淵霧瑚は、深夜に「死神」と出会う。巫女・綺翠にそっくりの彼女の正体は……？

幽世《かくりよ》の薬剤師5

紺野天龍著

「不老不死」一家の「死」。薬師・空洞淵は「人魚」伝承を調べるが……。現役薬剤師が描く異世界×医療×ファンタジー、第5弾！

幽世《かくりよ》の薬剤師6

紺野天龍著

感染怪異「幽世の薬師」となった空洞淵は金糸雀を救う薬を処方するが……。現役薬剤師が描く異世界×医療×ファンタジー、第1部完。

紺野天龍著

狐の嫁入り 幽世《かくりよ》の薬剤師

極楽街の花嫁を襲う「狐」と、怪火現象・狐の嫁入り……その真相は？ 現役薬剤師が描く異世界×医療×ファンタジー、新章開幕！

浅原ナオト著

今夜、もし僕が死ななければ

「死」が見える力を持った青年には、大切な誰かに訪れる未来も見えてしまう――。愛する人への想いに涙が止まらない、運命《いのち》の物語。

阿部和重
伊坂幸太郎著

キャプテンサンダーボルト 新装版

新型ウイルス「村上病」と戦時中に墜落したB29。二つの謎が交差するとき、怒濤の物語の幕が上がる！ 書下ろし短編収録の新装版。

伊与原 新著

青ノ果テ
―花巻農芸高校地学部の夏―

僕たちは本当のことなんて1ミリも知らなかった――。東京から来た謎の転校生との自転車旅。東北の風景に青春を描くロードノベル。

柞刈湯葉著

幽霊を信じない理系大学生、霊媒師のバイトをする

理系大学生・豊は謎の霊媒師と出会い、奇妙な〝慰霊〟のアルバイトの日々が始まった。気鋭のSF作家による少し不思議な青春物語。

江戸川乱歩著

怪人二十面相
―私立探偵 明智小五郎―

時を同じくして生まれた二人の天才、稀代の探偵・明智小五郎と大怪盗「怪人二十面相」。劇的トリックの空中戦、ここに始まる！

五条紀夫著

イデアの再臨

ここは小説の世界で、俺たちは登場人物だ。犯人は世界から■■を消す!?　電子書籍化・映像化絶対不可能の〝メタ〟学園ミステリー！

西條奈加著

金春屋ゴメス

日本ファンタジーノベル大賞受賞

近未来の日本に「江戸国」が出現。入国した辰次郎は「金春屋ゴメス」こと長崎奉行馬込播磨守に命じられて、謎の流行病の正体に迫る。

最果タヒ著

グッドモーニング

中原中也賞受賞

見たことのない景色。知らなかった感情。新しい自分がここから始まる。女性として最年少で中原中也賞に輝いた、鮮烈なる第一詩集。

佐野徹夜著

さよなら世界の終わり

僕は死にかけると未来を見ることができる。生きづらさを抱えるすべての人へ。『君は月夜に光り輝く』著者による燦めく青春の物語。

三田誠著

魔女推理

―嘘つき魔女が6度死ぬ―

記憶を失った少女。川で溺れた子ども。教会で起きた不審死。三つの死、それは「魔法」か「殺人」か。真実を知るのは「魔女」のみ。

千早茜・遠藤彩見・田中兆子・神田茜・深沢潮・柚木麻子・町田そのこ著

あなたとなら食べてもいい

―食のある7つの風景―

秘密を抱えた二人の食卓。孤独な者同士が集う居酒屋。駄菓子が教える初恋の味。7人の作家達の競作に舌鼓を打つ絶品アンソロジー。

角田光代・青木祐子
清水朔・友井羊著
額賀澪・織守きょうや

今夜は、鍋。
―温かな食卓を囲む7つの物語―

美味しいお鍋で、読めば心も体もぽっかぽか。大切な人たちと鍋を囲むひとときを描く珠玉の7篇。〝読む絶品鍋〟を、さあ召し上がれ。

カツセマサヒコ・山内マリコ
恩田陸・早見和真
結城光流・三川みり著
二宮敦人・朱野帰子

もふもふ
―犬猫まみれの短編集―

犬と猫、どっちが好き？　どっちも好き！　笑いあり、ホラーあり、涙あり、ミステリーあり。犬派も猫派も大満足な8つの短編集。

浅倉秋成・大前粟生
新名智・結城真一郎著
佐原ひかり・石田夏穂
杉井光

嘘があふれた世界で

嘘があふれた世界で、画面の向こうにいる特別なあなたへ。最注目作家7名が〝今を生きる私たち〟を切り取る競作アンソロジー！

芥川龍之介・泉鏡花
江戸川乱歩・小栗虫太郎著
折口信夫・坂口安吾
ほか

タナトスの蒐集匣
―耽美幻想作品集―

おぞましい遊戯に耽る男と女を描いた坂口安吾「桜の森の満開の下」ほか、名だたる文豪達による良識や想像力を越えた十の怪作品集。

清水朔著

奇譚蒐集録
―弔い少女の鎮魂歌―

死者の四肢の骨を抜く奇怪な葬送儀礼。少女たちに現れる呪いの痣《あざ》の正体とは。沖縄の離島に秘められた謎を読み解く民俗学ミステリ。

清水朔著

奇譚蒐集録
―北の大地のイコンヌプ―

流れ歩く村《ヤイケシテコタン》に伝わる鬼の婚礼、変身婚《ヤイカラ・ウコレ》とは――。帝大講師・南辺田廣章《みなべだこうしょう》が大正の北海道で滅亡した村の謎を解く、民俗学ミステリ。

矢野 隆著

不終《おわらず》の怪談 文豪とアルケミスト ノベライズ
—case 小泉八雲—

自著『怪談』に潜書した小泉八雲は終わりの見えない怪異へと巻き込まれていく。「文豪とアルケミスト」公式ノベライズ第二弾。

河端ジュン一著

可能性の怪物
—文豪とアルケミスト短編集—

織田作之助、久米正雄、宮沢賢治、夢野久作、そして北原白秋。文豪たちそれぞれの戦いを描く「文豪とアルケミスト」公式短編集。

J・ノックス
池田真紀子訳

堕落刑事
—マンチェスター市警
エイダン・ウェイツ—

ドラッグで停職になった刑事が麻薬組織に潜入捜査。悲劇の連鎖の果てに炙りだした悪の正体とは……大型新人衝撃のデビュー作！

坂口安吾著

堕落論

『堕落論』だけが安吾じゃない。時代をねめつけ、歴史を嗤い、言葉を疑いつつも、書かずにはいられなかった表現者の軌跡を辿る評論集。

浅田次郎著

夕映え天使

ふいにあらわれそして姿を消した天使のような女、時効直前の殺人犯を旅先で発見した定年目前の警官、人生の哀歓を描いた六短篇。

上田岳弘著

太陽・惑星
新潮新人賞受賞

不老不死を実現した人類を待つのは希望か、悪夢か。異能の芥川賞作家が異世界より狂った人間の未来を描いた異次元のデビュー作。

新潮文庫の新刊

結城真一郎著

救国ゲーム

〝奇跡〟の限界集落で発見された惨殺体。救国のテロリストによる劇場型犯罪の謎を暴け。最注目作家による本格ミステリ×サスペンス。

松田美智子著

飢餓俳優　菅原文太伝

誰も信じず、盟友と決別し、約束された成功を拒んだ男が生涯をかけて求めたものとは。昭和の名優菅原文太の内面に迫る傑作評伝。

結城光流著

守り刀のうた

邪気を祓う力を持つ少女・うたと、伯爵家の御曹司・麟《りん》之《の》助《すけ》のバディが、命がけで魑《ち》魅《み》魍《もう》魎《りょう》に挑む！　謎とロマンの妖《あやかし》ファンタジー。

筒井ともみ著

もういちど、あなたと食べたい

名脚本家が出会った数多くの俳優や監督たち。彼らとの忘れられない食事を、余情あふれる名文で振り返る美味しくも儚いエッセイ集。

玖《ジゥ》月《ユエ》晞《シー》

泉京鹿訳

少年の君

優等生と不良少年。二人の孤独な魂が惹かれ合うなか、不穏な殺人事件が発生する。中国でベストセラーを記録した慟哭の純愛小説。

C・S・ルイス

小澤身和子訳

ナルニア国物語1

ライオンと魔女

四人きょうだいの末っ子ルーシーは、衣装だんすの奥から別世界ナルニアへと迷い込む。世界中の子どもが憧れた冒険が新訳で蘇る！

イラスト　こより
デザイン　川谷康久（川谷デザイン）

堕天《だてん》の誘惑《ゆうわく》　幽世《かくりよ》の薬剤師《やくざいし》

新潮文庫　こ－74－8

令和六年十二月一日発行

著者　紺《こん》野《の》天《てん》龍《りゅう》

発行者　佐藤隆信

発行所　株式会社 新潮社

郵便番号　一六二―八七一一
東京都新宿区矢来町七一
電話　編集部（〇三）三二六六―五四四〇
　　　読者係（〇三）三二六六―五一一一
https://www.shinchosha.co.jp

価格はカバーに表示してあります。

乱丁・落丁本は、ご面倒ですが小社読者係宛ご送付ください。送料小社負担にてお取替えいたします。

印刷・錦明印刷株式会社　製本・錦明印刷株式会社

ISBN978-4-10-180297-8 C0193